あいさつから実用的な表現まで

ガンバレ！にほんご

加油！日本語

3

大新書局　印行

　「加油！日本語」は主に台湾の中等教育機関で日本語を学ぶ学習者を対象に編集された初級用の教科書です。全40課からなり、次のように4冊に分かれています。

　「加油！日本語①」1～10課

　「加油！日本語②」11～20課

　「加油！日本語③」21～30課

　「加油！日本語④」31～40課

　各課は「会話」「新出単語」「文型」「例文」「練習」という構成になっています。

◎「会話」は挨拶から始まり、生活に即した実用的な表現が学習できるように編集されています。主として敬体文を用いていますが、第4冊では常体文も提示してあります。

◎「新出単語」は第1、2冊では各課20語程度、2冊合わせて約400語が、第3、4冊では各課20～30語程度、2冊合わせて約500語が、提示されています。また、巻末には標準アクセント付索引が付いています。

◎「例文」はその課で学ぶ文法事項を文の形で提示したものです。「例文」は「練習」、「会話」への繋がりの中で元となるところですので、学習者の理解が望まれます。

◎「練習」は例文を発話と関連づけるためのもので、問答形式や入れ替えなどの練習が設定されています。ここでは学習者が提出された語彙・文型を理解し、それを充分に活用できるようになるまで練習する必要があります。

◎その他、5課毎に復習が設けられ、それまでに学習した重要学習事項が再度提出されています。ここでは学習事項の再定着を目指します。

◎関連教材としては、教科書用CD、練習帳、教師用指導書などが準備されています。

2009年

著者一同

「加油！日本語」是以在台灣中等教育機構學習日語的學習者為對象，編寫而成的教科書。全書由 40 課所構成，分為以下四冊。

　　「加油！日本語①」1~10 課

　　「加油！日本語②」11~20 課

　　「加油！日本語③」21~30 課

　　「加油！日本語④」31~40 課

　　各課由「會話」「新增詞彙」「文型」「例句」「練習」諸單元構成。

◎「會話」的部分編入了能使學習者學會從寒喧到生活中派得上用場的實用會話表現。主要採用敬體日語編寫，而第四冊則會介紹常體日語。

◎「新增詞彙」部份，第一、二冊中，各課收錄20個左右的單字，兩冊共計收錄了400個左右的單字。而第三、四冊中，各課收錄20～30個左右的單字，兩冊共計500個左右的單字。此外，書末附有標示全部單字標準重音的單字索引。

◎「例句」將該課所學習的文法，以例文的形式表現。由於「例句」是邁向「練習」與「會話」過程中基礎之一環，因此期望學生能詳加理解。

◎「練習」乃將例句結合至對話的活用練習，其中安排了問答形式及代換等練習問題。學生可在此理解之前學過的語彙及句型，並有必要將所學練習至能充分靈活運用的程度。

◎此外，每五課編有一次複習，再次將之前的學習重點加以提示。此處的目標是讓學生能夠牢記學習重點。

◎本書另備有教科書CD、練習問題集、教師手冊等相關教材。

2009 年
著者全體

教科書の構成と使い方

● 教科書の構成

　本書は、会話、単語、文型、例文、練習で構成されています（CD 付き、ペン対応）。巻頭に平仮名、片仮名の表がありますので、ご活用ください。

● 教科書の使い方

会話：台湾の高校生陳さんを主人公に、日本で生活する際、いろいろな場面で必要となる基本的会話文で構成しました。先生や CD の発音をよく聞いて、真似をしながら、何度も声に出して読んでみましょう。丸暗記するのもとてもよい勉強法です。

単語：各課 20 〜 30 語程度の基本単語を取り上げました。アクセント記号及び中国語訳付きです。また、普段漢字で書く単語のみ、漢字表記を付けてあります。基本的な単語ばかりですから、完全に覚えてしまいましょう。

文型：どれも日本語の基礎となる大切な文型です。Point をよく見て、日本語のルールを覚えてください。

例文：基本文型を簡単な対話形式で表しました。実際に会話しているつもりになって、先生や友達と練習しましょう。

練習：変換練習、代入練習、聴解練習等を用意しました。基本文法の定着、会話や聴力の訓練に役立ててください。
　また、5 課毎に復習テストがあります。できないところがあったら、もう一度、その課に戻って見直しましょう。

別冊練習帳：授業時間内での練習や宿題にお使いください。

●本教材的構成

　　本書由會話、單字、句型、例句、練習所構成（附 CD、對應智慧筆）。在本書首頁處附有平假名、片假名的五十音拼音表，請善加運用。

●本教材的使用方法

會話：主角為台灣的陳姓高中生，內容為其在日本生活之際，面臨各種場面時所必需的基本對話。請認真聆聽老師或 CD 的發音，一面模仿發音，一面試著反覆唸看看。另外，將整句話背起來也是一種很好的學習方式。

單字：各課列舉 20 ～ 30 個左右的基本單字，並標上重音與中文翻譯。此外，將平常會以漢字書寫的單字，附上漢字的寫法。因為是基本詞彙，所以請全部記起來。

句型：每個都是基礎日語的重要句型，請仔細閱讀要點 (Point)，牢記日語規則。

例句：以簡單的對話形式表現基本句型的用法。請比照實際會話情況，和老師或朋友練習看看。

練習：本書提供了替換練習、套用練習、聽力練習等，請善加運用，以奠定基礎文法，訓練會話與聽力。

　　此外，每五課即附有複習測驗，若有不會的地方，請再次返回該課重新學習。

練習問題集：請於課堂上練習或做為作業使用。

第 ㉘ 課

▶ 今、先生と 話して います。

会話 🔴 T35

田中 陳さん、おはよう ございます。

陳 おはよう ございます。田中さん、今日は 早い
ですね。

田中 ええ、今朝は 少し 早く 起きました。

里奈さんは いますか。

陳 たぶん お手洗いです。

田中 そうですか。じゃあ、山田さんは？

陳 山田さんは 職員室です。先生と 話して います。

田中 木村さんは？

陳 ほら、窓の そばに いますよ。本を 読んで います。

点選 (会話)，整篇會
話全部朗讀。

点選人名，會唸出此
人所講的整段會話。

点選會話中的日文句
子，會唸出該句子。

単語

会話 🔴 T36

1	おはよう ございます		早安
2	たぶん		大概
3	（お）てあらい	（（お）手洗い）	洗手間
4	じゃあ		那麼
5	しょくいんしつ	（職員室）	教師辦公室
6	ほら		你看
7	まど	（窓）	窗戶
8	そば		旁邊

文型と例文

9	でかけます	（出かけます）	外出
10	じゅうしょ	（住所）	住處
11	しらべます	（調べます）	調查
12	スープ	[soup]	湯
13	にんじん		胡蘿蔔
14	じゃがいも	（ジャガ芋）	馬鈴薯
15	きります	（切ります）	切
16	～ちゅう	（～中）	正在～

点選 会話 會唸
出此項目的所有單字。

点選 文型と例文 會唸
出此項目的所有單字。

点選單字，會唸出該
單字。

92

6

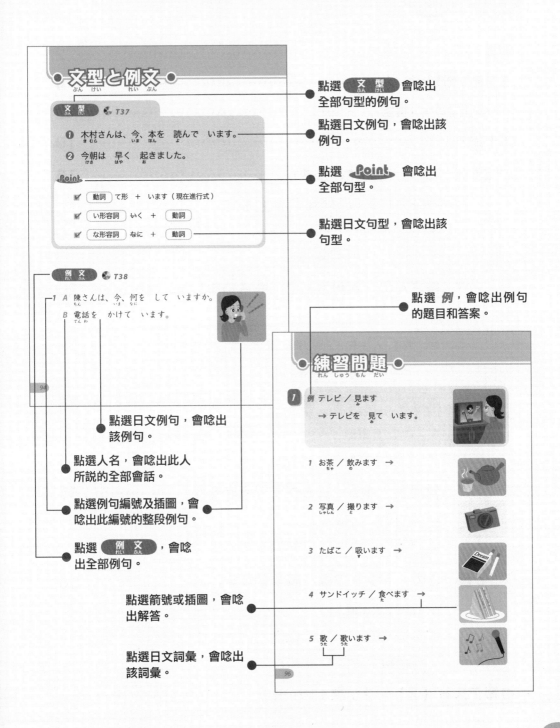

・文型と例文・
ぶん けい れい ぶん

文 型　🔊 T37
ぶん けい

❶ 木村さんは、今、本を　読んで　います。
　きむら　　いま　ほん　よ

❷ 今朝は　早く　起きました。
　けさ　　はや　お

Point

☑ 動詞 て形 ＋ います（現在進行式）

☑ い形容詞 いく ＋ 動詞

☑ な形容詞 なに ＋ 動詞

點選 文 型 會唸出
全部句型的例句。

點選日文例句，會唸出該
例句。

點選 Point 會唸出
全部句型。

點選日文句型，會唸出該
句型。

例 文　🔊 T38
れい ぶん

1 A 陳さんは、今、何を　して　いますか。
　　ちん　　いま　なに

　B 電話を　かけて　います。
　　でんわ

點選 例，會唸出例句
的題目和答案。

・練習問題・
れん しゅう もん だい

1 例 テレビ／見ます
　　　　　み
　→ テレビを　見て　います。
　　　　　み

1 お茶／飲みます →
　ちゃ　の

2 写真／撮ります →
　しゃしん　と

3 たばこ／吸います →
　　　　す

4 サンドイッチ／食べます →
　　　　　　た

5 歌／歌います →
　うた　うた

點選日文例句，會唸出
該例句。

點選人名，會唸出此人
所説的全部會話。

點選例句編號及插圖，會
唸出此編號的整段例句。

點選 例 文 ，會唸
出全部例句。

點選箭號或插圖，會唸
出解答。

點選日文詞彙，會唸出
該詞彙。

目次

前書 ……………………………………………………………… 2

教科書の構成と使い方 ……………………………………… 4

ページ上でのペン機能 ……………………………………… 6

五十音 ……………………………………………………… 10

第21課　どうして　休みますか。 ………………………… 16
- ☑ どうして〜か／（原因・理由）から〜
- ☑ （原因・理由）から、〜
- ☑ 名詞 （原因・理由）で

第22課　陳さんの　お母さんに　もらいました。 ………… 26
- ☑ 名詞（人）に 名詞（物）を ｛ あげます / もらいます / くれます

第23課　趣味は　音楽を　聞く　ことです。 ……………… 36
- ☑ 動詞 辞書形
- ☑ 動詞 辞書形＋こと

第24課　料理を　作る　ことが　できますか。 …………… 46
- ☑ 名詞 が　できます
- ☑ 動詞 辞書形＋ことが　できます

第25課　この　Ｔシャツは　高すぎます。 ………………… 56
- 動詞 ます形 ｝
- ☑ い形容詞 い ｝ すぎます
- な形容詞 な ｝

復習テスト（21〜25課） …………………………………… 66

第26課 ちょっと 来て ください。 ……………………… 70
だい か き
✔ 動詞 て形
✔ 動詞 て形＋ください

第27課 紙を 置いて、カバーを して ください。 …… 80
だい か かみ お
✔ 動詞 て形、ます
✔ 動詞 て形＋から、 動詞 ます
✔ 名詞 をの 動詞 ます方
かた

第28課 今、先生と 話して います。 ……………………… 90
だい か いま せんせい はな
✔ 動詞 て形＋います（現在進行式）
✔ い形容詞 いく＋ 動詞
✔ な形容詞 なに＋ 動詞

第29課 兄は 眼鏡を かけて います。 ………………… 100
だい か あに めがね
✔ 動詞 て形＋います（狀態・工作・習慣）

第30課 教科書を 見ても いいです。 ……………………… 110
だい か きょう か しょ み
✔ 動詞 て形＋も いいです
✔ 動詞 て形＋は いけません

復習テスト（26〜30課） ……………………………… 120
ふくしゅう か

付録…………………………………………………………… 124
ふ ろく

索引…………………………………………………………… 150
さくいん

ひらがな筆順
ひつじゅん

1. 清音筆順
せいおんひつじゅん

2. 鼻音筆順
びおんひつじゅん

カタカナ筆順
ひつ じゅん

1. 清音筆順
せいおんひつじゅん

濁音・半濁音・拗音
だくおん　はんだくおん　ようおん

1. 濁音
だくおん

ひらがな濁音					カタカナ濁音				
が	ぎ	ぐ	げ	ご	ガ	ギ	グ	ゲ	ゴ
ga	gi	gu	ge	go	ga	gi	gu	ge	go
ざ	じ	ず	ぜ	ぞ	ザ	ジ	ズ	ゼ	ゾ
za	ji	zu	ze	zo	za	ji	zu	ze	zo
だ	ぢ	づ	で	ど	ダ	ヂ	ヅ	デ	ド
da	ji	zu	de	do	da	ji	zu	de	do
ば	び	ぶ	べ	ぼ	バ	ビ	ブ	ベ	ボ
ba	bi	bu	be	bo	ba	bi	bu	be	bo

2. 半濁音
はんだくおん

ひらがな半濁音					カタカナ半濁音				
ぱ	ぴ	ぷ	ぺ	ぽ	パ	ピ	プ	ペ	ポ
pa	pi	pu	pe	po	pa	pi	pu	pe	po

3. 拗音
ようおん

<table>
<tr><td colspan="6" align="center">ひらがな拗音
ようおん</td></tr>
<tr><td>きゃ</td><td>kya</td><td>きゅ</td><td>kyu</td><td>きょ</td><td>kyo</td></tr>
<tr><td>しゃ</td><td>sha</td><td>しゅ</td><td>shu</td><td>しょ</td><td>sho</td></tr>
<tr><td>ちゃ</td><td>cha</td><td>ちゅ</td><td>chu</td><td>ちょ</td><td>cho</td></tr>
<tr><td>にゃ</td><td>nya</td><td>にゅ</td><td>nyu</td><td>にょ</td><td>nyo</td></tr>
<tr><td>ひゃ</td><td>hya</td><td>ひゅ</td><td>hyu</td><td>ひょ</td><td>hyo</td></tr>
<tr><td>みゃ</td><td>mya</td><td>みゅ</td><td>myu</td><td>みょ</td><td>myo</td></tr>
<tr><td>りゃ</td><td>rya</td><td>りゅ</td><td>ryu</td><td>りょ</td><td>ryo</td></tr>
<tr><td>ぎゃ</td><td>gya</td><td>ぎゅ</td><td>gyu</td><td>ぎょ</td><td>gyo</td></tr>
<tr><td>じゃ</td><td>ja</td><td>じゅ</td><td>ju</td><td>じょ</td><td>jo</td></tr>
<tr><td>びゃ</td><td>bya</td><td>びゅ</td><td>byu</td><td>びょ</td><td>byo</td></tr>
<tr><td>ぴゃ</td><td>pya</td><td>ぴゅ</td><td>pyu</td><td>ぴょ</td><td>pyo</td></tr>
</table>

<table>
<tr><td colspan="6" align="center">カタカナ拗音
ようおん</td></tr>
<tr><td>キャ</td><td>kya</td><td>キュ</td><td>kyu</td><td>キョ</td><td>kyo</td></tr>
<tr><td>シャ</td><td>sha</td><td>シュ</td><td>shu</td><td>ショ</td><td>sho</td></tr>
<tr><td>チャ</td><td>cha</td><td>チュ</td><td>chu</td><td>チョ</td><td>cho</td></tr>
<tr><td>ニャ</td><td>nya</td><td>ニュ</td><td>nyu</td><td>ニョ</td><td>nyo</td></tr>
<tr><td>ヒャ</td><td>hya</td><td>ヒュ</td><td>hyu</td><td>ヒョ</td><td>hyo</td></tr>
<tr><td>ミャ</td><td>mya</td><td>ミュ</td><td>myu</td><td>ミョ</td><td>myo</td></tr>
<tr><td>リャ</td><td>rya</td><td>リュ</td><td>ryu</td><td>リョ</td><td>ryo</td></tr>
<tr><td>ギャ</td><td>gya</td><td>ギュ</td><td>gyu</td><td>ギョ</td><td>gyo</td></tr>
<tr><td>ジャ</td><td>ja</td><td>ジュ</td><td>ju</td><td>ジョ</td><td>jo</td></tr>
<tr><td>ビャ</td><td>bya</td><td>ビュ</td><td>byu</td><td>ビョ</td><td>byo</td></tr>
<tr><td>ピャ</td><td>pya</td><td>ピュ</td><td>pyu</td><td>ピョ</td><td>pyo</td></tr>
</table>

第 **21** 課

▶ # どうして　休みますか。

会話　🔘 **T01**

陳　里奈さん、私は　明日　学校を　休みます。

里奈　どうしてですか。

陳　台湾から　両親が　来ますから。空港へ　迎えに　行きます。

里奈　ご両親は　よく　日本へ　来ますか。

陳　父は　仕事で　時々　来ますが、母は　初めてです。

里奈　お父さんは　日本語が　わかりますか。

陳　ええ。でも、母は　全然　わかりません。

里奈　そうですか。ご両親に　よろしく。

単語
たんご

1	どうして		為什麼
2	やすみます	（休みます）	休息、請假
3	～から		因為～
4	くうこう	（空港）	機場
5	むかえます	（迎えます）	迎接
6	（ご）りょうしん	（（ご）両親）	您的父母〔「両親」的敬語〕
7	よく		經常〔表示頻率〕
8	ちち	（父）	父親、家父
9	ときどき	（時々）	有時
10	～が、～		雖然～，但是～
11	はは	（母）	母親
12	はじめて	（初めて）	第一次、初次
13	おとうさん	（お父さん）	父親、令尊
14	わかります		知道、懂
15	ぜんぜん	（全然）	完全（不）

文型と例文
ぶんけい　れいぶん

16	カラオケ		KTV、卡拉 OK
17	うた	（歌）	歌曲
18	へた	（下手）	不擅長的
19	もう		已經
20	おそい	（遅い）	晚的、遲的
21	みんな		大家、全部
22	じしん	（地震）	地震
23	しにます	（死にます）	死亡
24	こわい	（怖い）	恐怖的
25	むずかしい	（難しい）	困難的

練習問題
れんしゅうもんだい

26	うたいます	（歌います）	唱歌
27	らいしゅう	（来週）	下星期
28	びょうき	（病気）	疾病、生病
29	たいふう	（台風）	颱風
30	にゅういんします	（入院します）	住院
31	けが		受傷

文型と例文
ぶん けい れい ぶん

文型
ぶん けい 🔘 *T03*

① 宿題が　ありますから、テレビを　見ません。
しゅくだい　　　　　　　　　　　　　　　　　　み

② 父は　仕事で　日本へ　来ます。
ちち　しごと　にほん　き

Point

☑　どうして〜か ／（原因・理由）から〜

☑　（原因・理由）から、〜

☑　名詞 （原因・理由）で

 例文 **T04**

1 A 私は カラオケが 嫌いです。
　　わたし　　　　　　きら

　 B どうしてですか。

　 A 歌が 下手ですから。
　　うた　へた

2 A どうして 誰も いませんか。
　　　　　　だれ

　 B もう 遅いですから、みんな
　　　　　おそ

　　 帰りました。
　　 かえ

3 A 地震で 大勢の 人が 死にました。
　　じしん　おおぜい　ひと　し

　 B 地震は 怖いですね。
　　じしん　こわ

4 A 日本語の 勉強は どうですか。
　　にほんご　べんきょう

　 B 難しいですが、おもしろいです。
　　むずか

練習問題
れん　しゅう　もん　だい

1

例 行きません ／ 遠いです
　　い　　　　　　　　とお

　　→ **A** どうして　行きませんか。
　　　　　　　　　　　　い

　　　B 遠いですから。
　　　　　とお

1 食べません ／ 嫌いです　→
　　た　　　　　　　きら

2 歌いません ／ 下手です　→
　　うた　　　　　　へた

3 日本語を　勉強します ／ おもしろいです　→
　　に　ほん　ご　　べんきょう

4 デパートへ　行きます ／ 靴を　買いたいです　→
　　　　　　　　い　　　　　　くつ　　か

5 来ませんでした ／ 行きたかったですが、忙しかったです　→
　　き　　　　　　　　い　　　　　　　　　　いそが

2 例 公園へ 行きます。[明日は 休みです]
　　こうえん　い　　　　　　　　あした　　やす

　→ 明日は 休みですから、公園へ
　　あした　　やす　　　　　　こうえん

　行きます。
　い

1 図書館で 勉強します。[来週、試験が あります] →
　としょかん　べんきょう　　　らいしゅう　しけん

2 あまり 見ません。
　　　　　　み

　[映画が 好きですが、忙しいです] →
　えいが　す　　　　　いそが

3 駅へ 迎えに 行きます。[友だちが 来ます] →
　えき　むか　　い　　　　　とも　　　き

4 たくさん 買います。[りんごが 安いです] →
　　　　　か　　　　　　　　　やす

5 家族に 電話を かけます。[寂しいです] →
　かぞく　でんわ　　　　　　さび

23

練習問題
れん　しゅう　もん　だい

3

例 大勢の　人が　死にました。［地震］
おおぜい　　ひと　　し　　　　　　　じしん

→ 地震で　大勢の　人が
じ　しん　　おおぜい　　ひと

死にました。
し

1 学校を　休みました。［病気］　→
がっこう　　やす　　　　　　　びょう　き

2 香港へ　行きました。［仕事］　→
ホンコン　　い　　　　　　　し　ごと

3 人が　死にました。［台風］　→
ひと　　し　　　　　　　たいふう

4 入院しました。［けが］　→
にゅういん

4 CD を 聞いて 答えましょう。　🔘 **T05**
きこた

例 どうして　明日　学校へ　行きませんか。
あしたがっこうい

→ 日曜日ですから。
にちようび

---

1 どうして　日本語が　あまり　好きじゃ　ありませんか。
にほんごす

→ ＿＿＿＿＿＿＿＿＿＿＿＿＿＿＿＿＿＿＿＿＿＿＿＿＿。

2 どうして　昨日　ケーキを　食べましたか。
きのうた

→ ＿＿＿＿＿＿＿＿＿＿＿＿＿＿＿＿＿＿＿＿＿＿＿＿＿。

3 どうして　カラオケが　嫌いですか。
きら

→ ＿＿＿＿＿＿＿＿＿＿＿＿＿＿＿＿＿＿＿＿＿＿＿＿＿。

4 どうして　英語を　勉強しますか。
えいごべんきょう

→ ＿＿＿＿＿＿＿＿＿＿＿＿＿＿＿＿＿＿＿＿＿＿＿＿＿。

▶ 陳さんの　お母さんに　もらいました。
　　ちん　　　　　かあ

会話　🔘 **T06**
かい　わ

陳　　里奈さん、これ、どうぞ。台湾の　お土産です。
ちん　り な　　　　　　　　　　　たいわん　　みやげ

里奈　どうも　ありがとう。携帯の　ストラップですか。
り な　　　　　　　　　　けいたい

陳　　ええ。母が　作りました。中国結びです。
ちん　　　　はは　つく　　　　ちゅうごくむす

- -

田中　その　ストラップ、いいですね。
た なか

里奈　陳さんの　お母さんに　もらいました。
り な　ちん　　　　かあ

田中　陳さん、僕も　ほしいです。
た なか　ちん　ぼく

陳　　もちろん、田中さんのも　ありますよ。この
ちん　　　　た なか

　　　丸くて　薄い　石のです。
　　　まる　　うす　いし

単語
たん　ご

1	おかあさん	（お母さん）	母親、令堂
2	もらいます		索取、得到
3	（お）みやげ	（（お）土産）	土產、禮物
4	けいたい（でんわ）	（携帯（電話））	手機
5	ストラップ	[strap]	手機吊飾
6	つくります	（作ります）	製作
7	ちゅうごくむすび	（中国結び）	中國結
8	もちろん		當然
9	まるい	（丸い）	圓的
10	うすい	（薄い）	薄的
11	いし	（石）	石頭

文型と例文
ぶんけい　れいぶん

12	あげます		給（別人）
13	くれます		（別人）給（我）
14	ははの　ひ	（母の　日）	母親節
15	プレゼント	[present]	禮物

16	はな	（花）	花
17	キーホルダー	[key holder]	鑰匙圈
18	あに	（兄）	家兄〔謙稱自己的哥哥〕
19	まいつき	（毎月）	每個月
20	（お）こづかい	（（お）小遣い）	零用錢
21	ちず	（地図）	地圖

練習問題
れんしゅうもんだい

22	ネクタイ	[necktie]	領帶
23	おとうと	（弟）	弟弟
24	カレンダー	[calendar]	月曆
25	じてんしゃ	（自転車）	腳踏車

文型と例文
ぶん けい れい ぶん

❶ 陳さんは　里奈さんに　お土産を　あげました。
　　ちん　　　　り な　　　　　 みやげ

❷ 里奈さんは　陳さんに　お土産を　もらいました。
　　り な　　　　 ちん　　　 みやげ

❸ 陳さんは　私に　お土産を　くれました。
　　ちん　　 わたし　　 みやげ

Point

☑　名詞（人）　に　名詞（物）　を　｛ あげます
　　　　　　　　　　　　　　　　　　　 もらいます
　　　　　　　　　　　　　　　　　　　 くれます

1 A 母の　日に　お母さんに　プレゼントを
はは　ひ　　　かあ

あげますか。

B はい、花を　あげます。
はな

2 A それは　何ですか。
なん

B キーホルダーです。兄に　もらいました。
あに

3 A 毎月　いくら　お小遣いを
まいつき　　　こづか

もらいますか。

B 2000円です。
えん

4 A それは　台湾の　地図ですか。
たいわん　ちず

B ええ、陳さんが　くれました。
ちん

練習問題
_{れん しゅう もん だい}

1

例 陳さん ／ 田中さん ／ チョコレート
_{ちん}　　　_{た なか}

／ あげます。

→ 陳さんは　田中さんに
_{ちん}　　　　_{た なか}

チョコレートを　あげます。

1 里奈さん ／ 友だち ／ お土産 ／ あげます
_{り な}　　　_{とも}　　　_{みやげ}

→

2 私 ／ 父 ／ ネクタイ ／ あげます
_{わたし}　_{ちち}

→

3 田中さん ／ 陳さん ／ キーホルダー
_{た なか}　　　_{ちん}

／ もらいます　→

4 母 ／ 私 ／ お菓子 ／ くれます
_{はは}　_{わたし}　_{か し}

→

5 田中さん ／ 私の弟 ／ 写真 ／ くれます
_{た なか}　　　_{わたし おとうと}　_{しゃしん}

→

2

例 陳さんは　田中さんに
　　プレゼントを　あげました。

→ 田中さんは　陳さんに
　　プレゼントを　もらいました。

1 陳さんは　里奈さんに　カレンダーを　あげました。

→ 里奈さんは＿＿＿＿＿＿＿＿＿＿＿＿＿＿＿＿＿＿＿＿＿。

2 陳さんは　田中さんに　花を　もらいました。

→ 田中さんは＿＿＿＿＿＿＿＿＿＿＿＿＿＿＿＿＿＿＿＿。

3 私は　田中さんに　本を　もらいました。

→ 田中さんは＿＿＿＿＿＿＿＿＿＿＿＿＿＿＿＿＿＿＿＿。

4 お父さんは　私に　お小遣いを　くれました。

→ 私は＿＿＿＿＿＿＿＿＿＿＿＿＿＿＿＿＿＿＿＿＿＿＿＿。

練習問題
れん　しゅう　もん　だい

3 絵を見て書きましょう。
え　み　か

例1 里奈さんは　田中さんに　地図を
りな　　　　　たなか　　　　　ちず
あげました。

例2 田中さんは　里奈さんに　地図を
たなか　　　　　りな　　　　　ちず
もらいました。

【例1・例2】

1 母は＿＿＿＿＿＿＿＿＿＿＿＿＿＿＿＿＿。
はは

2 里奈さんは＿＿＿＿＿＿＿＿＿＿＿＿＿。
りな

【1・2】

3 私は＿＿＿＿＿＿＿＿＿＿＿＿＿＿＿＿＿。
わたし

4 父は＿＿＿＿＿＿＿＿＿＿＿＿＿＿＿＿＿。
ちち

【3・4】

4 CDを聞いて（　）に矢印を書きましょう。　🔘 **T10**

例

私
わたし
（　→　）
お母さん
かあ

1

私
わたし
（　　）
田中さん
たなか

2

陳さん
ちん
（　　）
田中さん
たなか

3

陳さん
ちん
（　　）
私
わたし

4

田中さん
たなか
（　　）
陳さん
ちん

▶ # 趣味は　音楽を　聞く　ことです。
しゅ み　　おん がく　　き

会話 かい わ　💿 *T11*

田中
たなか
陳さんの　趣味は　何ですか。
ちん　　しゅ み　なん

陳
ちん
外国の　コインを　集める　ことです。音楽を
がいこく　　　　あつ　　　　　　おんがく

聞く　ことも　好きです。
き　　　　　す

田中
たなか
へえ、日本の　歌も　聞きますか。
に ほん　うた　き

陳
ちん
ええ、よく　聞きますよ。田中さんの　趣味は？
き　　　　たなか　　　しゅ み

田中
たなか
水泳です。１週間に　３回、プールで　泳ぎます。
すいえい　　いっしゅうかん　　かい　　　　　　　およ

昨日も　２キロぐらい　泳ぎました。
きのう　　　　　　　　およ

陳
ちん
すごいですね。私も　水泳を　習いたいです。
わたし　すいえい　なら

単語
たん ご

1	しゅみ	（趣味）	嗜好、興趣
2	おんがく	（音楽）	音樂
3	がいこく	（外国）	外國
4	コイン	[coin]	硬幣
5	あつめます	（集めます）	收集
6	へえ		喔〔表示驚訝的語氣〕
7	すいえい	（水泳）	游泳
8	…かい	（…回）	…次
9	プール	[pool]	游泳池
10	およぎます	（泳ぎます）	游泳
11	…キロ（メートル）	[法 kilomètre]	…公里
12	すごい		厲害的
13	ならいます	（習います）	學習

文型と例文
ぶんけい　れいぶん

| 14 | サッカー | [soccer] | 足球 |
| 15 | ブラジル | [Brazil] | 巴西 |

16	イギリス	[葡 Inglêz]	英國
17	しあい	（試合）	比賽
18	まちます	（待ちます）	等待
19	よみます	（読みます）	閱讀

練習問題
れんしゅうもんだい

20	かきます	（描きます）	畫（圖）、描繪
21	しょうせつ	（小説）	小説
22	ドライブ	[drive]	兜風
23	バスケット（ボール）	[basketball]	籃球
24	…はい／ばい／ぱい	（…杯）	…杯

文型と例文
ぶん けい れい ぶん

文型 ぶん けい 🔴 T13

① 私の　趣味は　泳ぐ　ことです。
わたし　　しゅ み　　およ

② 私は　音楽を　聞く　ことが　好きです。
わたし　　おんがく　　き　　　　　　　す

Point

☑ （動詞） 辞書形

☑ （動詞） 辞書形　＋　こと

例文 れい ぶん 🔴 T14

1 A 僕の　趣味は　サッカーを　見る
ぼく　　しゅ み　　　　　　　　み

ことです。

B 昨日の　ブラジルと　イギリスの
きのう

試合を　見ましたか。
し あい　　み

2 A 毎日、英語を　勉強しますか。
まいにち　えい ご　　べんきょう

B はい、１日に　２時間　勉強します。
にち　　　　じ かん　　べんきょう

◆ 動詞 辞書形の作り方
どうし　じしょけい　つく　かた

	ます形けい	辞書形じしょけい
グループ1	買かい ます	買かう
	書かき ます	書かく
	泳およぎ ます	泳およぐ
	過すごし ます	過すごす
	待まち ます	待まつ
	死しに ます	死しぬ
	遊あそび ます	遊あそぶ
	読よみ ます	読よむ
	帰かえり ます	帰かえる
グループ2	見み ます	見みる
	寝ね ます	寝ねる
	食たべ ます	食たべる
	起おき ます	起おきる
	借かり ます	借かりる
グループ3	来きます	来くる
	し ます	する

練習問題
れん しゅう もん だい

1 表を完成させてください。
ひょう かんせい

例	聞きます	聞く	11	読みます	
	き	き		よ	
1	作ります		12	買います	
	つく			か	
2	描きます		13	寝ます	
	か			ね	
3	遊びます		14	見ます	
	あそ			み	
4	泳ぎます		15	起きます	
	およ			お	
5	過ごします		16	食べます	
	す			た	
6	死にます		17	あげます	
	し				
7	行きます		18	集めます	
	い			あつ	
8	待ちます		19	します	
	ま				
9	取ります		20	連絡します	
	と			れんらく	
10	習います		21	来ます	
	なら			き	

2

例 小説を　読みます。
しょうせつ　　　よ

→ A 趣味は　何ですか。
しゅみ　　なん

B 小説を　読む　ことです。
しょうせつ　　よ

1 映画を　見ます。　→
えいが　　み

2 ドライブを　します。　→

3 絵を　描きます。　→
え　　か

4 切手を　集めます。　→
きって　　あつ

5 写真を　撮ります。　→
しゃしん　　と

練習問題
れん しゅう もん だい

3

例 バスケットを します／１週間
いっしゅうかん

／２回
かい

→ **A** よく バスケットを しますか。

B １週間に ２回 します。
いっしゅうかん かい

1 テレビを 見ます／１日／３時間 →
み　　　　　 にち　　　 じ かん

2 コーヒーを 飲みます／１日／２杯 →
の　　　　　　 にち　　　 はい

3 いなかへ 帰ります／２か月／１回 →
かえ　　　　 げつ　 いっかい

4 外国へ 行きます／１年／２回ぐらい →
がいこく　 い　　　　 ねん　　 かい

5 本を 読みます／１か月／５冊ぐらい →
ほん　 よ　　　　　 いっ げつ　 さつ

4 *CD を聞いて答えましょう。* 🔘 *T15*
き こた

例 陳さんの　趣味は　コインを　集める　ことです。
ちん　　　　しゅ み　　　　　　　　　あつ

(○)

1 毎日、テニスを　します。　　　　　　　　（　　　）
まいにち

2 里奈さんは　絵を　描く　ことが　好きです。（　　　）
り な　　　　え　か　　　　　　　す

3 昨日、2時まで　勉強しました。　　　　　（　　　）
きのう　　じ　　　べんきょう

4 この　人たちの　趣味は　泳ぐ　ことです。（　　　）
ひと　　　　しゅ み　　およ

---

memo

▶ 料理を 作る ことが できますか。
りょう り　　　つく

会話
かい わ　　● T16

陳　里奈さんは　料理が　できますか。
ちん　り な　　　　　りょうり

里奈　ええ、今日の　お弁当も　自分で　作りました。
り な　　　　　きょう　　べんとう　　じ ぶん　　つく

陳　すごいですね。得意な　料理は　何ですか。
ちん　　　　　　　　とく い　　りょうり　　なん

里奈　親子丼です。
り な　おや こ どん

陳　親子丼？
ちん　おや こ どん

里奈　鶏肉と　卵で　作ります。陳さんは　中華料理を
り な　とりにく　たまご　つく　　　　　ちん　　　ちゅう か りょう り

作る　ことが　できますか。
つく

陳　少しだけ。でも、あまり　上手じゃ　ありません。
ちん　すこ　　　　　　　　　　じょうず

単語
たん ご

T17

会 話
かい わ

1	できます		會、能
2	（お）べんとう	（（お）弁当）	便當
3	じぶん	（自分）	自己
4	とくい	（得意）	拿手的、擅長的
5	おやこどん	（親子丼）	雞肉蓋飯
6	とりにく	（鶏肉）	雞肉
7	たまご	（卵）	雞蛋
8	すこし	（少し）	一點點
9	～だけ		～而已

文型と例文
ぶんけい れいぶん

10	うんてん	（運転）	駕駛
11	はなします	（話します）	説話、述説
12	…さい	（…歳）	…歳
13	たばこ		香煙
14	すいます	（吸います）	吸
15	（お）かね	（（お）金）	金錢

練習問題
れんしゅうもんだい

16	ダンス	[dance]	舞蹈
17	スケート	[skate]	溜冰
18	ちょっと		稍微、有點
19	あいさつ	（挨拶）	打招呼、寒暄
20	ようめいさん	（陽明山）	陽明山
21	ゆうびんきょく	（郵便局）	郵局
22	こうばん	（交番）	派出所
23	みち	（道）	道路
24	ききます	（聞きます）	詢問
25	ぎゅうにゅう	（牛乳）	牛乳

文型と例文

ぶん けい れい ぶん

文型 ぶんけい 🔵 *T18*

① 私は スキーが できます。
わたし

② 私は スキーを する ことが できます。
わたし

Point

☑ 名詞 が できます

☑ 動詞 辞書形 ＋ ことが できます

1 A 車<ruby>くるま<rt></rt></ruby>の 運転<ruby>うんてん<rt></rt></ruby>が できますか。

B はい、できます。

2 A 木村<ruby>きむら<rt></rt></ruby>さんは 英語<ruby>えいご<rt></rt></ruby>が できますか。

B 読<ruby>よ<rt></rt></ruby>む ことは できますが、

話<ruby>はな<rt></rt></ruby>す ことは できません。

3 A 日本<ruby>にほん<rt></rt></ruby>では 何歳<ruby>なんさい<rt></rt></ruby>から たばこを

吸<ruby>す<rt></rt></ruby>う ことが できますか。

B 20歳<ruby>はたち<rt></rt></ruby>からです。

4 A 一緒<ruby>いっしょ<rt></rt></ruby>に 旅行<ruby>りょこう<rt></rt></ruby>に 行<ruby>い<rt></rt></ruby>きませんか。

B お金<ruby>かね<rt></rt></ruby>が ありませんから、行<ruby>い<rt></rt></ruby>く

ことが できません。

練習問題
<ruby>練<rt>れん</rt></ruby><ruby>習<rt>しゅう</rt></ruby><ruby>問<rt>もん</rt></ruby><ruby>題<rt>だい</rt></ruby>

1

例1 英語 [○]
<ruby>英<rt>えい</rt></ruby><ruby>語<rt>ご</rt></ruby>

→ A 英語が　できますか。
<ruby>英<rt>えい</rt></ruby><ruby>語<rt>ご</rt></ruby>

B はい、できます。

例2 テニス [×]

→ A テニスが　できますか。

B いいえ、できません。

1 ダンス　　[○]　→

2 サッカー　　[×]　→

3 車の運転　　[×]　→
<ruby>車<rt>くるま</rt></ruby>　<ruby>運転<rt>うんてん</rt></ruby>

4 料理　[○]　→
<ruby>料<rt>りょう</rt></ruby><ruby>理<rt>り</rt></ruby>

5 スケート　　[×]　→

2

例 日本語の　歌／歌います／少し
(にほんご)(うた)(うた)(すこ)

→ A 日本語の　歌を　歌う　ことが
(にほんご)(うた)(うた)

できますか。

B はい、少しだけ。
(すこ)

1 料理／作ります／少し　→
(りょうり)(つく)(すこ)

2 スキー／します／ちょっと　→

3 日本語／話します／簡単な　挨拶　→
(にほんご)(はな)(かんたん)(あいさつ)

4 英語の　新聞／読みます／少し　→
(えいご)(しんぶん)(よ)(すこ)

練習問題
れん　しゅう　もん　だい

3

例 駅 ／ 切符を　買います
えき　　きっぷ　　　　か

→ 駅で　切符を　買う　ことが
えき　　きっぷ　　か

できます。

1 動物園 ／ パンダを　見ます　→
どうぶつえん　　　　　　み

2 陽明山 ／ 温泉に　入ります　→
ようめいさん　　おんせん　はい

3 学校 ／ 日本語を　習います　→
がっこう　　に ほん ご　なら

4 郵便局 ／ 荷物を　送ります　→
ゆうびんきょく　　に もつ　　おく

5 交番 ／ 道を　聞きます　→
こうばん　　みち　　き

24

4 *CD を 聞いて 答えましょう。* 🔘 **T20**
き こた

例 この アイスクリームは 卵と 牛乳で 作りました。
たまご ぎゅうにゅう つく

(○)

1 林さんは 日本語を 読む ことが できます。( )
りん にほんご よ

2 田中さんは 料理が 少し できます。 ( )
たなか りょうり すこ

3 デパートで ラーメンを 食べる ことが できます。
た

( )

4 田中さんは 車の 運転を する ことが できます。
たなか くるま うんてん

( )

memo

▶ この Tシャツは 高すぎます。
<ruby>高<rt>たか</rt></ruby>

会話 <ruby>会話<rt>かい わ</rt></ruby> 💿 T21

陳 <ruby>陳<rt>ちん</rt></ruby> すみません。あの 青い Tシャツは いくら
<ruby>青<rt>あお</rt></ruby>
ですか。

店員 <ruby>店員<rt>てんいん</rt></ruby> 9800 円です。
<ruby>円<rt>えん</rt></ruby>

陳 <ruby>陳<rt>ちん</rt></ruby> うーん、高すぎます。もう 少し 安いのは
<ruby>高<rt>たか</rt></ruby> <ruby>少<rt>すこ</rt></ruby> <ruby>安<rt>やす</rt></ruby>
ありますか。

店員 <ruby>店員<rt>てんいん</rt></ruby> それでは、こちらは いかがですか。2500 円です。
<ruby>円<rt>えん</rt></ruby>

陳 <ruby>陳<rt>ちん</rt></ruby> 色も デザインも いいですね。でも、大きすぎます。
<ruby>色<rt>いろ</rt></ruby> <ruby>大<rt>おお</rt></ruby>

店員 <ruby>店員<rt>てんいん</rt></ruby> 小さい サイズも ございますよ。
<ruby>小<rt>ちい</rt></ruby>

陳 <ruby>陳<rt>ちん</rt></ruby> すみません、やっぱり やめます。今日は
<ruby>今日<rt>きょう</rt></ruby>
いろいろ 買いすぎました。
<ruby>買<rt>か</rt></ruby>

単語
たんご

会話
かいわ T22

1	Tシャツ	[T-shirt]	T恤
2	たかい	（高い）	貴的
3	あおい	（青い）	藍色的
4	うーん		嗯…
5	もう		再
6	それでは		那麼
7	こちら		這個〔「これ」的丁寧體〕
8	いかが		如何
9	いろ	（色）	顏色
10	デザイン	[design]	設計
11	ちいさい	（小さい）	小的
12	サイズ	[size]	尺寸、大小
13	ございます		有、在〔「あります」的丁寧體〕
14	やっぱり		還是
15	やめます		放棄、不做
16	いろいろ		各式各樣的

文型と例文
ぶんけい　れいぶん

17	ビール	[荷 bier]	啤酒
18	けっこう	（結構）	夠了、不用了
19	せいかつ	（生活）	生活
20	きそく	（規則）	規則
21	きびしい	（厳しい）	嚴厲的、嚴峻的
22	ゲーム	[game]	遊戲
23	ふくざつ	（複雑）	複雜的

練習問題
れんしゅうもんだい

24	せつめいしょ	（説明書）	説明書
25	おおい	（多い）	多的
26	にがい	（苦い）	苦的
27	スカート	[skirt]	裙子
28	みじかい	（短い）	短的

文型と例文
ぶん けい れい ぶん

文型 ぶんけい 🔘 T23

① ビールを　飲みすぎました。
　　　　　　　の

② この　かばんは　高すぎます。
　　　　　　　　　　たか

③ この　本は　簡単すぎます。
　　　　ほん　　かんたん

Point

　　　[動詞] ます形
☑　[い形容詞] い　　＋　すぎます
　　　[な形容詞] な

例文
れい ぶん
T24

1 A ケーキを　もう　一つ　どうぞ。
　　　　　　　　　　　ひと

　　B もう　結構です。食べすぎました。
　　　　　　　けっこう　　た

2 A どうして　食べませんか。
　　　　　　　　　た

　　　嫌いですか。
　　　きら

　　B この　お菓子は　甘すぎます。
　　　　　　　か し　　あま

3 A 学校生活は　どうですか。
　　　がっこうせいかつ

　　B 楽しいですが、規則が　厳しすぎます。
　　　たの　　　　　きそく　　きび

4 A この　ゲーム、おもしろいでしょう。

　　B うーん、複雑すぎます。
　　　　　　ふくざつ

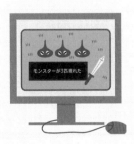

練習問題
れん しゅう もん だい

1

例 この 服／小さい
　　ふく　　ちい

　　→ この 服は 小さすぎます。
　　　　　　ふく　　ちい

1 この 説明書／複雑 →
　　　　せつめいしょ　ふくざつ

2 私の 父／たばこを 吸います →
　　わたし ちち　　　　　　す

3 私の 母／料理を 作ります →
　　わたし はは りょうり つく

4 この ゲーム／簡単 →
　　　　　　　　かんたん

5 ここ／人が 多い →
　　　　ひと　おお

2

例 その　コーヒー／おいしい／苦い
　　にが

→ A その　コーヒーは　おいしい
　　ですか。

B いいえ、苦すぎます。
　　　にが

1 その　本／おもしろい／難しい　→
　　　ほん　　　　　　　　むずか

2 その　料理／おいしい／辛い　→
　　　りょうり　　　　　　から

3 新しい　アパート／便利／駅から　遠い　→
　　あたら　　　　　　べんり　えき　　とお

4 今の　仕事／好き／忙しい　→
　　いま　しごと　す　いそが

練習問題
<ruby>練<rt>れん</rt></ruby> <ruby>習<rt>しゅう</rt></ruby> <ruby>問<rt>もん</rt></ruby> <ruby>題<rt>だい</rt></ruby>

3

例 この　スカート ／ <ruby>長<rt>なが</rt></ruby>い

→ A　この　スカートは　いかがですか。

B　<ruby>長<rt>なが</rt></ruby>すぎます。もう　<ruby>少<rt>すこ</rt></ruby>し　<ruby>短<rt>みじか</rt></ruby>い

スカートは　ありますか。

1　この　ケーキ ／ <ruby>大<rt>おお</rt></ruby>きい　→

2　この　デジタルカメラ ／ <ruby>高<rt>たか</rt></ruby>い　→

¥100000

3　この　レストラン ／ にぎやか　→

4　この　アパート ／ <ruby>汚<rt>きたな</rt></ruby>い　→

25

4 CDを聞いて答えましょう。　　💿 *T25*
き　こた

例 高校生活は　どうですか。
こうこうせいかつ

→ <u>規則が　厳しすぎます。</u>
き そく　　きび

1 この　喫茶店は　どうですか。
きっ さ てん

→ _____。

2 陳さんは　お菓子を　もう　一つ　食べますか。
ちん　　　　　か し　　　　　　　ひと　　　た

→ _____。

3 この　Ｔシャツは　いくらですか。

→ _____。

4 この　人は　どんな　服が　ほしいですか。
ひと　　　　　　ふく

→ _____。

復習テスト [20 〜 25 課]

1 絵を見て [　　　　] の中に最も適当な言葉を入れましょう。

❶ この　服は　[　　　　　] すぎます。

20歳

❷ 20歳ですから、たばこを　[　　　　　]

ことが　できます。

❸ [　　　　　]　学校を　休みました。

66

❹ 昨日、お父さんは　私に　プレゼントを
きのう　　とう　　　　わたし

　[＿＿＿＿＿＿＿]。

❺ 私は　音楽を　[＿＿＿＿＿＿＿]ことが
わたし　おんがく

　好きです。
　す

❻ 明日は　日曜日です[＿＿＿＿＿＿]、
あした　にちよう び

　学校へ　行きません。
　がっこう　い

2 [_____] に何を入れますか。下の a.b.c.d.e から適当な言葉を選びましょう。

❶ A [_____] 魚を 食べませんか。

B あまり 好きじゃ ありませんから。

❷ A 里奈さんの 趣味は [_____] ですか。

B 映画を 見る ことです。

❸ A 台湾では [_____] から 車を 運転する ことが できますか。

B 18歳からです。

❹ A [_____] で 温泉に 入る ことが できますか。

B 陽明山で 入る ことが できます。

❺ A この 靴は [_____] ですか。

B 素敵ですね。でも、高すぎます。

a. 何歳　 b. どこ　 c. どうして　 d. いかが　 e. 何

3 次の文章を読んで、正しいものには○を、間違っているも
つぎ ぶんしょう よ ただ まちが
のには×を、（　　）の中に書きましょう。
なか か

　私の　趣味は　歌を　歌う　ことです。時々、家族と
わたし しゅみ うた うた ときどき かぞく

一緒に　カラオケへ　行きます。でも、母は　あまり
いっしょ い はは

歌いません。母は　歌を　聞く　ことは　好きですが、
うた はは うた き す

歌う　ことは　好きじゃ　ありません。
うた す

　昨日は　父の　誕生日でしたから、レストランで　食
きのう ちち たんじょうび しょく

事を　しました。母は　父に　ネクタイを　あげました。
じ はは ちち

私は　歌を　歌いました。とても　楽しい　一日でした。
わたし うた うた たの いちにち

---

❶ 私は　よく　家族と　カラオケへ　行きます。（　　　）
わたし かぞく い

❷ 母は　歌を　歌う　ことが　好きです。　　（　　　）
はは うた うた す

❸ 父の　誕生日に　レストランで　ご飯を　食べました。
ちち たんじょうび はん た

（　　　）

❹ 父は　誕生日に　ネクタイを　もらいました。（　　　）
ちち たんじょうび

▶ ちょっと 来て ください。
<ruby>き<rt></rt></ruby>

会話（かいわ）　💿 *T26*

先生　陳さん、ちょっと　来て　ください。
せんせい　ちん　　　　　　き

陳　はい、何ですか。
ちん　　　なん

先生　本棚の　整理を　手伝って　ください。
せんせい　ほんだな　せいり　　てつだ

陳　はい。あ、先生、重いでしょう。私が　持ちます。
ちん　　　　　せんせい　おも　　　　　わたし　も

先生　ありがとう。その　本は、そこに　入れて
せんせい　　　　　　　　　ほん　　　　　　い

　　　ください。

陳　はい。辞書は　どうしますか。
ちん　　　じしょ

先生　辞書は　下に　並べましょう。
せんせい　じしょ　した　なら

陳　こちらの　本は　どうしますか。
ちん　　　　　ほん

先生　向こうに　置いて　ください。
せんせい　む　　　お

単語
たん ご

会 話　かい わ　🔵 *T27*

1	ほんだな	（本棚）	書架、書櫃
2	せいり	（整理）	整理
3	てつだいます	（手伝います）	幫忙
4	おもい	（重い）	重的
5	もちます	（持ちます）	拿、帶
6	いれます	（入れます）	放入
7	ならべます	（並べます）	排列
8	こちら		這邊〔表示方向、場所〕
9	むこう	（向こう）	對面、另一邊
10	おきます	（置きます）	放置

文型と例文　ぶんけい　れいぶん

11	メニュー	[menu]	菜單
12	みせます	（見せます）	給～看
13	ペン	[pen]	筆
14	かします	（貸します）	借出
15	あとで	（後で）	之後

16	ちゃんと		確實地、整齊地
17	かえします	（返します）	歸還
18	くらい	（暗い）	黑暗的
19	でんき	（電気）	電燈
20	つけます		開〔燈、開關等〕

練習問題
れんしゅうもんだい

21	けします	（消します）	關〔燈、開關等〕
22	タクシー	[taxi]	計程車
23	よびます	（呼びます）	呼喚、召喚、叫
24	かんじ	（漢字）	漢字

文型と例文
ぶん けい れい ぶん

文型 〔ぶん けい〕 💿 T28

❶ メニューを 見せて ください。
　　　　　　み

❷ ちょっと 手伝って ください。
　　　　　　てつだ

Point

　✔ 〔動詞〕 て形

　✔ 〔動詞〕 て形 ＋ ください

例文 〔れい ぶん〕 💿 T29

1 A ペンを 貸して ください。
　　　　　　か

B 後で ちゃんと 返して くださいね。
　　あと　　　　　　　かえ

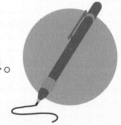

2 A この 部屋、暗いですね。
　　　　　　へや　くら

B そうですね。すみませんが、

　　電気を つけて ください。
　　でん き

◆ 動詞 て形の作り方
<ruby>動詞<rt>どうし</rt></ruby> <ruby>形<rt>けい</rt></ruby> <ruby>作<rt>つく</rt></ruby>り<ruby>方<rt>かた</rt></ruby>

	ます形 けい	て形 けい
グループ１	吸います す	吸って す
	待ちます ま	待って ま
	帰ります かえ	帰って かえ
	死にます し	死んで し
	遊びます あそ	遊んで あそ
	読みます よ	読んで よ
	聞きます き	聞いて き
	泳ぎます およ	泳いで およ
	話します はな	話して はな
	※行きます い	行って い
グループ２	見ます み	見て み
	寝ます ね	寝て ね
	食べます た	食べて た
	起きます お	起きて お
	借ります か	借りて か
グループ３	来ます き	来て き
	します	して

練習問題
れん しゅう もん だい

1 表を完成させてください。
ひょう　かんせい

例	置きます お	置いて お	11	消します け	
1	持ちます も		12	手伝います てつだ	
2	飲みます の		13	起きます お	
3	借ります か		14	見せます み	
4	死にます し		15	入れます い	
5	呼びます よ		16	並べます なら	
6	貸します か		17	います	
7	行きます い		18	寝ます ね	
8	急ぎます いそ		19	します	
9	送ります おく		20	来ます き	
10	買います か		21	勉強します べんきょう	

2

例 手伝います　→　ちょっと　手伝って
ください。

1 来ます　→

2 待ちます　→

3 聞きます　→

4 書きます　→

5 急ぎます　→

練習問題
れん しゅう もん だい

3

例 テレビ ／ 消します
け

→ **A** すみませんが、テレビを
消して ください。
け
B ええ、いいですよ。

1 教科書 ／ 見せます →
きょう か しょ　 み

2 仕事 ／ 手伝います →
し ごと　 てつだ

3 タクシー ／ 呼びます →
よ

4 漢字 ／ 書きます →
かん じ　 か

5 駅 ／ 迎えに 来ます →
えき　 むか　　 き

4 CD を聞いて答えましょう。 *T30*
き こた

例 陳さんは 何を しますか。
ちん なに

→ <u>荷物を 持ちます。</u>
に もつ も

1 陳さんは 何を 貸しますか。
ちん なに か

→ _____ 。

2 陳さんは 何を しますか。
ちん なに

→ _____ 。

3 明日 何時に 迎えに 行きますか。
あした なんじ むか い

→ _____ 。

4 どうして 電気を つけますか。
でん き

→ _____ 。

第 **27** 課

▶ 紙を 置いて、カバーを して ください。
　　　(かみ)　(お)

会話 🔘 *T31*
　(かい)(わ)

陳　　すみません。コピー機の 使い方を 教えて
(ちん)　　　　　　　　　(き)　(つか)(かた)　(おし)

　　　ください。

店員　はい。まず、ここに お金を 入れて ください。
(てんいん)　　　　　　　　(かね)　(い)

　　　次に 紙を 置いて、カバーを して ください。
　　　(つぎ)(かみ)(お)

陳　　はい。
(ちん)

店員　それから、この ボタンを 押します。
(てんいん)　　　　　　　　　　　(お)

陳　　カラーコピーも できますか。
(ちん)

店員　できますよ。画面で 「カラー」を 選んでから、
(てんいん)　　　　　(がめん)　　　　　　(えら)

　　　ボタンを 押して ください。
　　　　　(お)

陳　　わかりました。どうも ありがとう ございます。
(ちん)

単語
たん　ご

会　話 かい　わ 🔘 *T32*

1	かみ	（紙）	紙
2	カバーを　します	[cover]	蓋上蓋子
3	コピーき	（コピー機）[copy]	影印機
4	つかいます	（使います）	使用
5	～かた	（～方）	～（的）方法
6	おしえます	（教えます）	告訴、教導
7	まず		首先
8	つぎに	（次に）	接著
9	それから		再來、接下來
10	ボタン	[葡botão]	按鈕
11	おします	（押します）	按
12	カラー	[color]	彩色
13	コピー	[copy]	複製、影印
14	がめん	（画面）	螢幕、畫面
15	えらびます	（選びます）	選擇

文型と例文
ぶんけい　れいぶん

16	あいます	（会います）	見面
17	かお	（顔）	臉
18	あらいます	（洗います）	洗
19	ちょうしょく	（朝食）	早餐
20	かたづけます	（片付けます）	整理、收拾
21	さきに	（先に）	先
22	オムライス	[omelet + rice（和）]	蛋包飯

練習問題
れんしゅうもんだい

23	シャワー	[shower]	淋浴
24	あびます	（浴びます）	淋
25	せつめいします	（説明します）	説明
26	にく	（肉）	肉
27	は	（歯）	牙齒
28	みがきます	（磨きます）	刷
29	いえ	（家）	家
30	こくさい	（国際）	國際

文型と例文
ぶん けい れい ぶん

❶ デパートへ　行って、買い物を　します。
い か もの

❷ 宿題を　してから、寝ます。
しゅくだい ね

Point

☑ 動詞 て形、 動詞 ます

☑ 動詞 て形 ＋ から、 動詞 ます

☑ 名詞 をの 動詞 ます方
かた

例文 れい ぶん 🔘 *T34*

1 A 日曜日、何を　しましたか。
にちようび なに

B 友だちに　会って、食事を
とも あ しょくじ

しました。

84

2 A 朝　起きて、何を　しますか。
　<small>あさ　お　　　　　なに</small>

B 顔を　洗って、朝食を　食べます。
　<small>かお　　あら　　ちょうしょく　　た</small>

それから、散歩を　します。
　　　　　　<small>さんぽ</small>

3 A 一緒に　帰りましょう。
　<small>いっしょ　かえ</small>

B これを　片付けてから、帰ります。
　　　　　<small>かたづ　　　　　かえ</small>

先に　帰って　ください。
<small>さき　かえ</small>

4 A オムライスの　作り方を　教えて
　　　　　　　<small>つく　かた　　おし</small>

ください。

B ええ、いいですよ。

練習問題
れん　しゅう　もん　だい

1

例 シャワーを　浴びます／寝ます
あ　　　　ね

→ シャワーを　浴びて、寝ます。
あ　　　　ね

1 パンを　食べます／紅茶を　飲みます
た　　　　こうちゃ　　　の

→

2 外国へ　行きます／働きます
がいこく　い　　　　はたら

→

3 地図を　書きます／説明します
ち　ず　か　　　　せつめい

→

4 6時に　起きました／散歩を　しました
じ　お　　　　　さん ぽ

→

5 肉や　野菜を　買いました／料理を
にく　や さい　か　　　　　りょう り
作りました　→
つく

2

例 宿題を　します／学校へ　行きます
　しゅくだい　　　　　がっこう　い

→ A　私は　宿題を　してから、
　　わたし　しゅくだい

　　学校へ　行きます。
　　がっこう　　　い

B　そうですか。私は　学校へ
　　　　　　　わたし　　がっこう

　　行ってから　宿題を　します。
　　い　　　　　しゅくだい

1　朝、顔を　洗います　／　歯を　磨きます
　　あさ　かお　あら　　　　　は　　みが

→

2　新聞を　読みます　／　ご飯を　食べます
　　しんぶん　よ　　　　　はん　　た

→

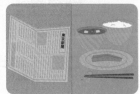

3　英語を　勉強します　／　アメリカへ
　　えいご　べんきょう

　行きます
　い

→

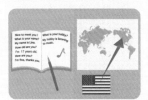

4　食事を　します／家へ　帰ります
　　しょくじ　　　　いえ　かえ

→

練習問題
れんしゅうもんだい

3

例 カレーライス ／ 作ります
つく

→ A カレーライスの 作り方を
つく かた

教えて ください。
おし

B ええ、いいですよ。

1 本 ／ 借ります →
ほん か

2 はし ／ 使います →
つか

3 国際電話 ／ かけます →
こくさいでんわ

4 この 料理 ／ 食べます →
りょうり た

4 CD を聞いて答えましょう。　💿 **T35**

例 この　人は、昨日、図書館へ　行って、新聞を
読みました。　　　　　　　　　　　　　　　　（　×　）

1 この　人は、日曜日、スーパーへ　行って、靴を
買います。　　　　　　　　　　　　　　　　（　　）

2 この　人は、朝、散歩を　してから、朝食を　食べます。
　　　　　　　　　　　　　　　　　　　　　（　　）

3 コピー機は、お金を　入れて、紙を　置いてから、
ボタンを　押します。　　　　　　　　　　　（　　）

4 陳さんは　切手を　買ってから　手紙を　書きます。
　　　　　　　　　　　　　　　　　　　　　（　　）

▶ 今、先生と　話して　います。
いま　せんせい　　　はな

会話　🔘 *T36*
かいわ

田中　陳さん、おはよう　ございます。
たなか　ちん

陳　　おはよう　ございます。田中さん、今日は　早い
ちん　　　　　　　　　　　　たなか　　きょう　　はや

　　　ですね。

田中　ええ、今朝は　少し　早く　起きました。
たなか　　けさ　　すこ　　はや　　お

　　　里奈さんは　いますか。
　　　りな

陳　　たぶん　お手洗いです。
ちん　　　　　てあら

田中　そうですか。じゃあ、山田さんは？
たなか　　　　　　　　やまだ

陳　　山田さんは　職員室です。先生と　話して　います。
ちん　やまだ　　しょくいんしつ　　せんせい　　はな

田中　木村さんは？
たなか　きむら

陳　　ほら、窓の　そばに　いますよ。本を　読んで　います。
ちん　　まど　　　　　　　　　　　ほん　よ

単語
たん ご

1	おはよう ございます		早安
2	たぶん		大概
3	（お）てあらい	（（お）手洗い）	洗手間
4	じゃあ		那麼
5	しょくいんしつ	（職員室）	教師辦公室
6	ほら		你看
7	まど	（窓）	窗戶
8	そば		旁邊

文型と例文
ぶんけい れいぶん

9	でかけます	（出かけます）	外出
10	じゅうしょ	（住所）	住處
11	しらべます	（調べます）	調査
12	スープ	[soup]	湯
13	にんじん		胡蘿蔔
14	じゃがいも	（ジャガ芋）	馬鈴薯
15	きります	（切ります）	切
16	～ちゅう	（～中）	正在～

練習問題
れんしゅうもんだい

17	（お）ちゃ	（（お）茶）	茶
18	サンドイッチ	[sandwich]	三明治
19	き	（木）	樹
20	コップ	[荷kop]	杯子
21	つよい	（強い）	力量大的
22	なまえ	（名前）	名字
23	レモン	[lemon]	檸檬

文型と例文
ぶん けい れい ぶん

① 木村さんは、今、本を　読んで　います。
きむら　　　　いま　ほん　　　よ

② 今朝は　早く　起きました。
けさ　　　はや　　　お

Point

☑ 　動詞　て形　＋　います（現在進行式）

☑ 　い形容詞　いく　＋　動詞

☑ 　な形容詞　なに　＋　動詞

1 A 陳さんは、今、何を　して　いますか。
　　　ちん　　　　いま　なに

　B 電話を　かけて　います。
　　　でんわ

2 A 出_でかけましょう。

B 今_{いま}、住所_{じゅうしょ}を　調_{しら}べて　います。
　　ちょっと　待_まって　ください。

3 A この　スープの　作_{つく}り方_{かた}を　教_{おし}えて
　　ください。

B まず、にんじんと　じゃがいもを
　　小_{ちい}さく　切_きります。それから……。

4 A 授業中_{じゅぎょうちゅう}ですよ。静_{しず}かに　聞_きいて
　　ください。

B すみません。

練習問題
れん しゅう もん だい

1

例 テレビ ／ 見ます
み

→ テレビを　見て　います。
み

1 お茶 ／ 飲みます　→
ちゃ　　の

2 写真 ／ 撮ります　→
しゃしん　　と

3 たばこ ／ 吸います　→
す

4 サンドイッチ ／ 食べます　→
た

5 歌 ／ 歌います　→
うた　　うた

2

例 田中さんは どこで 寝て いますか。
　　たなか　　　　　　　　ね

→ 木の 下で 寝て います。
　　き　　した　　ね

1 陳さんは 誰と 話して いますか。 →
　ちん　　だれ　はな

2 林さんは 何を 読んで いますか。 →
　りん　　　なに　よ

3 王さんは 何を 書いて いますか。 →
　おう　　　なに　か

4 先生は 何を 飲んで いますか。 →
　せんせい　なに　の

5 鈴木さんは 何を 食べて いますか。 →
　すずき　　　なに　た

練習問題
れん　しゅう　もん　だい

3

例1　コップを　洗います。[きれい]
　　　　　　あら

　　　→ コップを　きれいに　洗います。
　　　　　　　　　　　　　　　　あら

例2　ボタンを　押します。[強い]
　　　　　　　　お　　　　　　つよ

　　　→ ボタンを　強く　押します。
　　　　　　　　　つよ　　お

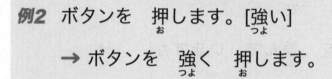

1 歌を　歌います。[楽しい]　→
　　うた　うた　　　　　　たの

2 はしを　使います。[上手]　→
　　　　　　つか　　　　　じょうず

3 名前を　書きます。[大きい]　→
　　なまえ　　か　　　　　おお

4 ご飯を　食べます。[静か]　→
　　　はん　　た　　　　　しず

5 レモンを　切ります。[薄い]　→
　　　　　　　き　　　　　うす

98

4 *CD を 聞いて 答えましょう。*　　🔘 *T40*
　　き　　こた

例 陳さんは　何を　読んで　いますか。
　　ちん　　なに　　よ

　→ <u>日本の　小説を　読んで　います。</u>
　　　に ほん　しょうせつ　　よ

1 陳さんは　どうして　今、手伝う　ことが　できませんか。
　　ちん　　　　　　いま　てつだ

　→ ＿＿＿＿＿＿＿＿＿＿＿＿＿＿＿＿＿＿＿＿＿＿＿＿。

2 陳さんは　どこに　いますか。
　　ちん

　→ ＿＿＿＿＿＿＿＿＿＿＿＿＿＿＿＿＿＿＿＿＿＿＿＿。

3 田中さんは　何を　して　いますか。
　　た なか　　なに

　→ ＿＿＿＿＿＿＿＿＿＿＿＿＿＿＿＿＿＿＿＿＿＿＿＿。

4 スープを　作ります。まず、何を　しますか。
　　　　つく　　　　　なに

　→ ＿＿＿＿＿＿＿＿＿＿＿＿＿＿＿＿＿＿＿＿＿＿＿＿。

第 29 課

▶ 兄は 眼鏡を かけて います。
あに　　めがね

会話 🔘 **T41**
かい わ

里奈　陳さんは 兄弟が いますか。
り な　ちん　　　きょうだい

陳　　ええ、兄と 妹が います。
ちん　　　あに　いもうと

里奈　私と 同じですね。お兄さんは どんな 人ですか。
り な　わたし　おな　　　　　にい　　　　　　ひと

陳　　背が 高くて、眼鏡を かけて います。とても
ちん　せ　たか　　めがね

　　　おもしろい 人ですよ。
　　　　　　　　ひと

里奈　大学生ですか。
り な　だいがくせい

陳　　いいえ、教師です。中学校で 英語を 教えて
ちん　　　　きょうし　ちゅうがっこう　えいご　おし

　　　います。

里奈　もう 結婚して いますか。
り な　　　けっこん

陳　　いいえ、まだです。独身です。
ちん　　　　　　　どくしん

単語
たん ご

会話
かい わ 🔘 **T42**

1	めがね	（眼鏡）	眼鏡
2	かけます		戴〔眼鏡〕
3	きょうだい	（兄弟）	兄弟姉妹
4	おなじ	（同じ）	相同的
5	おにいさん	（お兄さん）	哥哥、令兄
6	せ	（背）	個子、身材
7	たかい	（高い）	高的
8	きょうし	（教師）	教師
9	ちゅうがっこう	（中学校）	國中
10	けっこんします	（結婚します）	結婚
11	まだ		還、尚（未）
12	どくしん	（独身）	單身

文型と例文
ぶんけい れいぶん

13	ジョギング	[jogging]	慢跑
14	すみます	（住みます）	居住
15	たいちゅう	（台中）	台中

16	レポート	[report]	（書面）報告
17	こんばん	（今晩）	今晩
18	しります	（知ります）	知道

練習問題
れんしゅうもんだい

19	かぶります		戴〔帽子〕
20	しろい	（白い）	白色的
21	セーター	[sweater]	毛衣
22	きます	（着ます）	穿〔衣服等〕
23	ズボン	[法 jupon]	褲子
24	はきます	（履きます）	穿〔褲子、鞋子等〕
25	くろい	（黒い）	黑色的
26	うでどけい	（腕時計）	手錶
27	します		佩戴、繫〔耳環、領帶等〕
28	けいえいします	（経営します）	經營
29	うります	（売ります）	販賣

文型と例文
_{ぶん けい れい ぶん}

① 私は 眼鏡を かけて います。
_{わたし　めがね}

② 私は 英語を 教えて います。
_{わたし　えいご　おし}

③ 私は 毎日 ジョギングを して います。
_{わたし　まいにち}

Point

☑ 動詞 て形 ＋ います（狀態・工作・習慣）

104

例文 れい ぶん 🔘 *T44*

1 A お兄さんは　どこに　住んで　いますか。
　　　にい　　　　　　　　　　　す

　B 台中に　住んで　います。
　　　たいちゅう　　す

2 A お父さんの　お仕事は？
　　　とう　　　　　しごと

　B 銀行員です。日本銀行で　働いて
　　　ぎんこういん　　にほんぎんこう　　はたら

　　います。

3 A もう　レポートを　書きましたか。
　　　　　　　　　　か

　B いいえ、まだです。今晩　書きます。
　　　　　　　　　　こんばん　か

4 A 山口先生を　知って　いますか。
　　　やまぐちせんせい　し

　B はい、知って　います。
　　　　　し

　B いいえ、知りません。
　　　　　　し

1

例 眼鏡
めがね

　→ 眼鏡を　かけて　います。
　　めがね

1 帽子　→
　　ぼう し

2 白い　セーター　→
　　しろ

3 ズボン　→

4 黒い　靴　→
　　くろ　　くつ

5 腕時計　→
　　うで どけい

2

例 郵便局 ／ 働きます
ゆうびんきょく　　　はたら

→ 郵便局で　働いて　います。
　ゆうびんきょく　　　はたら

1 日本語 ／ 教えます　→
　　に ほん ご　　　おし

2 高校 ／ 勉強します　→
　　こうこう　　べんきょう

3 スーパー ／ 経営します　→
　　　　　　　けいえい

4 時計 ／ 作ります　→
　　とけい　　つく

5 果物 ／ 売ります　→
　　くだもの　　う

練習問題
れん しゅう もん だい

3

例 バスケットを します ／ 毎日
　　　　　　　　　　　　　まいにち

→ A よく バスケットを しますか。

B はい、毎日 して います。
　　　　　まいにち

1 散歩を します ／ 毎朝 →
さん ぽ　　　　　　　まいあさ

2 泳ぎます ／ 1週間に 3回 →
およ　　　　いっしゅうかん　　かい

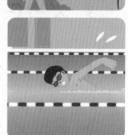

3 車を 運転します ／ 毎日 →
くるま　うんてん　　　　まいにち

4 ビールを 飲みます ／ 毎晩 →
の　　　　　　まいばん

4 CD を聞いて答えましょう。 　T45
　き　こた

例 林さんは　コンピュータの　会社で　働いて
　りん　　　　　　　　　　　　　かいしゃ　はたら

います。 　　　　　　　　　　　（ ○ ）

1 里奈さんの　お兄さんは　独身です。 　（ 　）
　りな　　　にい　　　どくしん

2 陳さんの　お兄さんは　英語を　教えて　います。（ 　）
　ちん　　　にい　　　えいご　おし

3 陳さんは　鈴木先生を　知りません。 　（ 　）
　ちん　　すずき せんせい　し

4 陳さんは　まだ　来ません。 　（ 　）
　ちん　　　き

---

memo

第 30 課

▶ 教科書を 見ても いいです。
　きょうかしょ　　み

会話 💿 *T46*

先生　みなさん、これから　練習問題を　します。テスト
せんせい　　　　　　　　　れんしゅうもんだい

　　　じゃ ありませんから、教科書を　見ても　いい
　　　　　　　　　　　　　きょうかしょ　　み

　　　ですよ。

陳　　先生、ノートを　見ても　いいですか。
ちん　せんせい　　　　　み

先生　ええ、いいですよ。
せんせい

陳　　友だちと　相談しても　いいですか。
ちん　とも　　そうだん

先生　いいえ、相談しては　いけません。自分で　考えて
せんせい　　　そうだん　　　　　　　じぶん　　かんが

　　　ください。

陳　　わかりました。
ちん

先生　では、始めましょう。
せんせい　　はじ

単語
たん ご

会　話 かい わ　　🔘 T47

1	これから		接下來、今後
2	れんしゅう	（練習）	練習
3	もんだい	（問題）	題目
4	テスト	[test]	考試
5	そうだんします	（相談します）	商量
6	かんがえます	（考えます）	考慮、思考
7	では		那麼〔「それでは」的省略〕
8	はじめます	（始めます）	開始

文型と例文
ぶんけい　れいぶん

9	すわります	（座ります）	坐
10	パンフレット	[pamphlet]	小冊子
11	～は　ちょっと……		～有點（不方便）…
12	ちゅうしゃ	（駐車）	停車
13	きんし	（禁止）	禁止
14	とめます	（止めます）	停放
15	だめ		不行
16	びょういん	（病院）	醫院

練習問題
れんしゅうもんだい

17	エアコン	[air conditioner]	空調
18	あけます	（開けます）	打開
19	ドア	[door]	門
20	しめます	（閉めます）	關
21	おくれます	（遅れます）	遲到
22	さわぎます	（騒ぎます）	吵鬧、喧囂
23	ごみ		垃圾
24	すてます	（捨てます）	丟棄、扔
25	うそ	（嘘）	謊言
26	つきます		説（謊）

文型と例文
ぶん けい れい ぶん

文型
ぶん けい
🔘 *T48*

① ノートを　見ても　いいです。
み

② 友だちと　相談しては　いけません。
とも　　　　そうだん

Point

- ☑ （動詞）て形　＋　も　いいです

- ☑ （動詞）て形　＋　は　いけません

例文  T49

1 A ここに 座っても いいですか。
　 B ええ、どうぞ。

2 A この パンフレット、もらっても
　　 いいですか。
　 B すみません、それは ちょっと……。

3 A ここは 駐車禁止です。車を
　　 止めては いけません。
　 B はい、すみません。

4 A たばこを 吸っても いいですか。
　 B だめです。ここは 病院ですよ。

練習問題
れん しゅう もん だい

1

例 エアコン ／ つけます

→ エアコンを　つけても　いいですか。

1 写真 ／ 撮ります　→
しゃしん　　と

2 窓 ／ 開けます　→
まど　　あ

3 この　ペン ／ 借ります　→
か

4 この　辞書 ／ 使います　→
じ しょ　　つか

5 この　お菓子 ／ 食べます　→
か し　　た

2

例 ドアを　閉めます。
し

　→ ドアを　閉めては　いけません。
　　　　し

1 明日　遅れます。　→
　　あした　おく

2 ここで　騒ぎます。　→
　　　　　さわ

3 ここに　ごみを　捨てます。　→
　　　　　　　　　す

4 授業中に　ジュースを　飲みます。　→
　　じゅぎょうちゅう　　　　　　の

5 嘘を　つきます。　→
　　うそ

練習問題
れん しゅう もん だい

3

例1 ここに 荷物を 置きます。[○]
　　　にもつ　　　お

→ **A** ここに 荷物を 置いても
　　　　　　にもつ　　　お
　　　いいですか。

B ええ、どうぞ。

例2 部屋に 入ります。[×]
　　　へや　　はい

→ **A** 部屋に 入っても いいですか。
　　　　　へや　　はい
B すみません、それは

　　　ちょっと……。

1 この 地図を もらいます。[○]　→
　　　　ちず

2 明日、遊びに 来ます。[×]　→
　　あした　あそ　　き

3 ここに 自転車を 止めます。[○]　→
　　　　じてんしゃ　　と

4 この 傘を 借ります。[×]　→
　　　かさ　　か

4 CD を聞いて答えましょう。　💿 *T50*
きこた

例 鉛筆で　書いても　いいです。　　　　　(✕)
えんぴつ　か

1 エアコンを　つけては　いけません。　　　(　　)

2 この　本を　借りても　いいです。　　　　(　　)
ほん　か

3 ここに　車を　止めても　いいです。　　　(　　)
くるま　と

4 明日、里奈さんの　家へ　行っても　いいです。
あした　りな　いえ　い

　　　　　　　　　　　　　　　　　　　　　　(　　)

---

memo

復習テスト [26 ～ 30 課]

1 絵を見て [＿＿＿] の中に最も適当な言葉を入れましょう。

❶ 陳さんは、今、本を　[＿＿＿＿＿]

います。

❷ 兄は　眼鏡を　[＿＿＿＿] います。

❸ 田中さんは　白い　Ｔシャツを

[＿＿＿＿] います。

❹ 里奈さんは　青い　スカートを
　りな　　　　あお

[＿＿＿＿＿＿＿]います。

❺ 私の　家族は　台北に　[＿＿＿＿＿＿＿]
　わたし　　かぞく　　タイペイ

います。

❻ 父は　銀行で　[＿＿＿＿＿＿＿]います。
　ちち　　ぎんこう

2 [____] に何を入れますか。下の a.b.c.d.e から適当な言葉を選びましょう。

❶ **A** ここに 車を 止めても いいですか。

  B [____] です。ここは 駐車禁止です。

❷ **A** 日曜日、[____] を しましたか。

  B 公園へ 行って、遊びました。

❸ **A** ここに 座っても いいですか。

  B すみません、ここは [____]……。

❹ **A** お母さんは [____] 人ですか。

  B 料理が 上手で、やさしい 人です。

❺ **A** すみません。この 本を 見せて ください。

  B はい、[____]。

a. 何 b. ちょっと c. どんな d. どうぞ e. だめ

3 次の文章を読んで、正しいものには○を、間違っているも
つぎ ぶんしょう よ ただ まちが
のには×を、（　　）の中に書きましょう。
なか か

今日は　日曜日です。朝、少し　早く　起きて、犬の
きょう にちよう び あさ すこ はや お いぬ

散歩を　しました。それから、シャワーを　浴びて、朝食を
さん ぽ あ ちょうしょく

食べました。朝食を　食べてから、テレビを　見ました。
た ちょうしょく た み

午後は、里奈さんと　一緒に　博物館へ　行きました。
ご ご り な いっしょ はくぶつかん い

日曜日ですから、人が　大勢　いました。
にちよう び ひと おおぜい

私は　新しい　カメラを　持って　いました。博物館
わたし あたら も はくぶつかん

の　中で　写真を　撮っては　いけません。私たちは
なか しゃしん と わたし

博物館の　庭で　写真を　撮りました。
はくぶつかん にわ しゃしん と

---

❶ 今日は、朝、遅く　起きました。　　　　　（　　　）
きょう あさ おそ お

❷ 犬の　散歩を　してから、朝食を　食べました。（　　　）
いぬ さん ぽ ちょうしょく た

❸ 里奈さんは　新しい　カメラを　持って　いました。（　　　）
り な あたら も

❹ 博物館の　中で　里奈さんと　写真を　撮りました。（　　　）
はくぶつかん なか り な しゃしん と

❖かぶります（戴）

　ぼうし　　　　　　　　帽子　　　　　　　　帽子

❖かけます（戴）

　めがね　　　　　　　　眼鏡　　　　　　　　眼鏡

❖着ます（穿）
　き

　シャツ　　　　　　　　shirt　　　　　　　襯衫

　ブラウス　　　　　　　blouse　　　　　　女用襯衫

　Ｔシャツ　　　　　　　T-shirt　　　　　　Ｔ恤

　セーター　　　　　　　sweater　　　　　　毛衣

　ジャケット　　　　　　jacket　　　　　　夾克

コート	coat	外套、大衣
スーツ	suit	套裝
パジャマ	pajamas	睡衣
したぎ	下着	內衣
きもの	着物	和服
ゆかた	浴衣	浴衣

❖履きます（穿〔褲子、鞋子等〕）
は

スカート	skirt	裙子
ズボン	法 jupon	褲子
ジーパン	jeans＋pants （和）	牛仔褲
たんパン	短＋pants	短褲
くつした	靴下	襪子
くつ	靴	鞋子
スニーカー	sneakers	運動鞋
サンダル	sandal	涼鞋

❖します（佩戴；繫〔耳環、領帶等〕）

ネクタイ	necktie	領帶
ベルト	belt	皮帶
マフラー	muffler	圍巾
イヤリング	earring	耳環
ネックレス	necklace	項鏈
ゆびわ	指輪	戒指

あか［赤］
レッド

くろ［黒］
ブラック

だいだいいろ［橙色］
オレンジ

はいいろ［灰色］
グレー

きいろ［黄色］
イエロー

しろ［白］
ホワイト

きみどり［黄緑］

ちゃいろ［茶色］
ブラウン

みどり［緑］
グリーン

むらさき［紫］
パープル

みずいろ［水色］

ピンク

あお［青］
ブルー

きんいろ［金色］
ゴールド

こん［紺］
ネイビー

ぎんいろ［銀色］
シルバー

●スポーツ　　　　　　　　　　　　　　　　　　　　運動●

やきゅう	野球	棒球
サッカー	soccer	足球
バスケットボール	basketball	籃球
バレーボール	volleyball	排球
たっきゅう	卓球	桌球
ボウリング	bowling	保齡球
テニス	tennis	網球
バドミントン	badminton	羽毛球
ボクシング	boxing	拳撃
りくじょうきょうぎ	陸上競技	田徑運動
マラソン	marathon	馬拉松
スキー	ski	滑雪
スケート	skate	溜冰
すいえい	水泳	游泳
サーフィン	surfing	衝浪
ゴルフ	golf	高爾夫球
じゅうどう	柔道	柔道
けんどう	剣道	劍道
からて	空手	空手道
テコンドー		跆拳道

●食材
しょくさい

❖主食（主食）
しゅしょく

ごはん ［ご飯］
（米飯）

パン
（麵包）

めん ［麵］
（麵）

❖肉・卵（肉類、蛋）
にく　　たまご

ぎゅうにく［牛肉］
（牛肉）

ぶたにく［豚肉］
（豬肉）

とりにく ［鶏肉］
（雞肉）

たまご ［卵］
（雞蛋）

❖魚介類（海鮮類）
ぎょかいるい

さかな ［魚］
（魚）

いか ［烏賊］
（花枝）

えび ［海老］
（蝦子）

かい ［貝］
（貝類）

❖野菜（蔬菜）
やさい

きゅうり［胡瓜］
（小黄瓜）

キャベツ
（高麗菜）

じゃがいも
（馬鈴薯）

にんじん［人参］
（紅蘿蔔）

ピーマン
（青椒）

トマト
（番茄）

ねぎ［葱］
（蔥）

たまねぎ［玉葱］
（洋蔥）

なす［茄子］
（茄子）

だいこん［大根］
（白蘿蔔）

はくさい［白菜］
（白菜）

レタス
（萵苣）

❖調味料（調味料）
ちょうみりょう

あぶら［油］
（油）

しお［塩］
（鹽）

こしょう［胡椒］
（胡椒）

す［酢］
（醋）

さとう［砂糖］
（砂糖）

しょうゆ［醤油］
（醬油）

みそ［味噌］
（味噌）

ケチャップ
（番茄醬）

マヨネーズ
（美乃滋）

●台湾の食べ物
たい わん　た　もの

台灣的食物●

チャーハン
（炒飯）

やきビーフン
（炒米粉）

ちまき
（粽子）

パイコーハン
（排骨飯）

かきオムレツ
（蚵仔煎）

マーボーどうふ
（麻婆豆腐）

ショウロンポウ
（小籠包）

からすみ
（烏魚子）

とうにゅう
（豆漿）

パールミルクティー
（珍珠奶茶）

パパイヤミルク
（木瓜牛奶）

マンゴーかきごおり
（芒果冰）

①はし	箸	筷子
②スプーン	spoon	湯匙
③フォーク	fork	叉子
④ナイフ	knife	刀子
⑤ちゃわん	茶碗	碗
⑥コップ	荷 kop	杯子
⑦さら	皿	盤子
⑧ストロー	straw	吸管
⑨れいぞうこ	冷蔵庫	冰箱
⑩でんしレンジ	電子レンジ	微波爐
⑪オーブントースター	toaster oven	烤麵包機
⑫ポット	pot	熱水瓶
⑬すいはんき	炊飯器	電鍋
⑭ガスこんろ	gas＋焜炉	瓦斯爐
⑮フライパン	frypan	平底鍋
⑯なべ	鍋	鍋子
⑰せっけん	石けん	肥皂
⑱タオル	towel	毛巾
⑲ティッシュペーパー	tissue paper	面紙
⑳ラップ	wrap	保鮮膜

①ドア	door	門
②まど	窓	窗
③カーテン	curtain	窗簾
④テレビ	television	電視
⑤リモコン	remote-control	遙控器
⑥エアコン	air conditioner	空調
⑦とけい	時計	時鐘
⑧でんき	電気	電燈
⑨でんわ	電話	電話
⑩テーブル	table	桌子
⑪ソファー	sofa	沙發
⑫スイッチ	switch	開關
⑬パソコン	personal computer	個人電腦
⑭つくえ	机	書桌
⑮いす	椅子	椅子
⑯ほんだな	本棚	書架
⑰ゴミばこ	ゴミ箱	垃圾桶
⑱そうじき	掃除機	吸塵器
⑲アイロン	iron	熨斗
⑳ドライヤー	drier	吹風機

①ボールペン	ballpoint pen	原子筆
②マジック	magic marker	奇異筆
③シャープペンシル	sharp + pencil（和）	自動鉛筆
④えんぴつ	鉛筆	鉛筆
⑤けしゴム	消し + 荷gom	橡皮擦
⑥しゅうせいえき / テープ	修正 + 液 /tape	修正液、修正帯
⑦セロハンテープ	cellophane tape	透明膠帶
⑧ガムテープ	gum + tape（和）	封箱膠帶
⑨のり		膠水
⑩ノート	note	筆記本
⑪ファイル	file	檔案夾
⑫ふせん	付箋	便利貼
⑬じょうぎ	定規	尺
⑭はさみ		剪刀
⑮カッター	cutter	美工刀
⑯ホッチキス	Hotchkiss	釘書機
⑰はがき	葉書	明信片
⑱びんせん	便箋	信紙
⑲ふうとう	封筒	信封
⑳クリップ	clip	迴紋針

うえ	上	上面
した	下	下面
みぎ	右	右邊
ひだり	左	左邊
まえ	前	前面
うしろ	後ろ	後面
そと	外	外面
なか	中	裡面
そば	側	旁邊、附近
よこ	横	旁邊
まわり	周り	周圍
ちかく	近く	附近

ここ（這裡）

そこ（那裡）

あそこ（那裡）

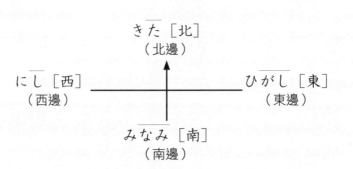

きた［北］
（北邊）

にし［西］
（西邊）

ひがし［東］
（東邊）

みなみ［南］
（南邊）

●指示代名詞
し し だい めい し

指示代名詞●

	こ 靠近説話者	そ 靠近聽話者	あ 兩者都遠	ど 不定稱（疑問詞）
指示人事物	これ 這個	それ 那個	あれ 那個	どれ 哪個
指示人事物 （後接名詞）	この＋名詞 這個～	その＋名詞 那個～	あの＋名詞 那個～	どの＋名詞 哪個～
指示場所	ここ 這裡	そこ 那裡	あそこ 那裡	どこ 哪裡
指示狀態 （後接名詞）	こんな＋名詞 這樣的～	そんな＋名詞 那樣的～	あんな＋名詞 那樣的～	どんな＋名詞 什麼樣的～
指示方向	こちら （こっち） 這邊	そちら （そっち） 那邊	あちら （あっち） 那邊	どちら （どっち） 哪邊
指示情狀 （副詞）	こう 這麼	そう 那麼	ああ 那麼	どう 怎麼

動詞活用表

I 類（五段活用動詞）①

	ます形		て形
歌います	うたい	ます	うたって
もらいます	もらい	ます	もらって
会います	あい	ます	あって
使います	つかい	ます	つかって
聞きます	きき	ます	きいて
置きます	おき	ます	おいて
履きます	はき	ます	はいて
※行きます	いき	ます	いって
泳ぎます	およぎ	ます	およいで
騒ぎます	さわぎ	ます	さわいで
話します	はなし	ます	はなして
消します	けし	ます	けして
貸します	かし	ます	かして
返します	かえし	ます	かえして

字典形	ない形		た形	中文	課
うたう	うたわ	ない	うたった	唱歌	21
もらう	もらわ	ない	もらった	索取、得到	22
あう	あわ	ない	あった	見面	27
つかう	つかわ	ない	つかった	使用	27
きく	きか	ない	きいた	詢問	24
おく	おか	ない	おいた	放置	26
はく	はか	ない	はいた	穿〔褲子、鞋子等〕	29
いく	いか	ない	いった	去	13
およぐ	およが	ない	およいだ	游泳	23
さわぐ	さわが	ない	さわいだ	吵鬧、喧囂	30
はなす	はなさ	ない	はなした	說、講述	24
けす	けさ	ない	けした	關〔燈、開關等〕	26
かす	かさ	ない	かした	借出	26
かえす	かえさ	ない	かえした	歸還	26

I 類（五段活用動詞）②

	ます形		て形
待ちます	まち	ます	まって
持ちます	もち	ます	もって
死にます	しに	ます	しんで
選びます	えらび	ます	えらんで
呼びます	よび	ます	よんで
休みます	やすみ	ます	やすんで
読みます	よみ	ます	よんで
住みます	すみ	ます	すんで
わかります	わかり	ます	わかって
作ります	つくり	ます	つくって
知ります	しり	ます	しって
座ります	すわり	ます	すわって
※あります	あり	ます	あって

字典形	ない形		た形	中文	課
まつ	また	ない	まった	等待	23
もつ	もた	ない	もった	拿、帶	26
しぬ	しな	ない	しんだ	死亡	21
えらぶ	えらば	ない	えらんだ	選擇	27
よぶ	よば	ない	よんだ	呼喚、召喚、叫	26
やすむ	やすま	ない	やすんだ	休息	21
よむ	よま	ない	よんだ	閱讀	23
すむ	すま	ない	すんだ	居住	29
わかる	わから	ない	わかった	知道、懂	21
つくる	つくら	ない	つくった	製作	22
しる	しら	ない	しった	知道	29
すわる	すわら	ない	すわった	坐	30
ある		ない	あった	有～、在～	7

II 類（一段活用動詞）

	ます形		て形
着ます	き	ます	きて
あげます	あげ	ます	あげて
くれます	くれ	ます	くれて
やめます	やめ	ます	やめて
つけます	つけ	ます	つけて
見せます	みせ	ます	みせて
教えます	おしえ	ます	おしえて
並べます	ならべ	ます	ならべて
開けます	あけ	ます	あけて
閉めます	しめ	ます	しめて
※起きます	おき	ます	おきて
※借ります	かり	ます	かりて
※できます	でき	ます	できて
※浴びます	あび	ます	あびて

字典形	ない形		た形	中文	課
きる	き	ない	きた	穿	26
あげる	あげ	ない	あげた	給（別人）	22
くれる	くれ	ない	くれた	（別人）給（我）	22
やめる	やめ	ない	やめた	放棄、不做	25
つける	つけ	ない	つけた	開〔燈、開關等〕	26
みせる	みせ	ない	みせた	給～看	26
おしえる	おしえ	ない	おしえた	教導、告訴	27
ならべる	ならべ	ない	ならべた	排列	27
あける	あけ	ない	あけた	打開	30
しめる	しめ	ない	しめた	關	30
おきる	おき	ない	おきた	起床、起來	12
かりる	かり	ない	かりた	借入	18
できる	でき	ない	できた	會、能	24
あびる	あび	ない	あびた	淋	26

III類（不規則動詞）

	ます形	て形
来ます	き｜ます	きて
します	し｜ます	して
入院します	にゅういんし｜ます	にゅういんして
説明します	せつめいし｜ます	せつめいして
経営します	けいえいし｜ます	けいえいして
相談します	そうだんし｜ます	そうだんして

字典形	ない形		た形	中文	課
くる	こ	ない	きた	來	13
する	し	ない	した	做	14
にゅういんする	にゅういんし	ない	にゅういんした	住院	21
せつめいする	せつめいし	ない	せつめいした	說明	26
けいえいする	けいえいし	ない	けいえいした	經營	29
そうだんする	そうだんし	ない	そうだんした	商量	30

●動詞の変化を伴う表現

動詞活用的各種句型●

❖ 第2冊

文 型	例 文	課
〈ます形〉 たいです	私はカレーライスを食べたいです。 我想吃咖哩飯。	19
〈ます形〉 ませんか	一緒に食事をしませんか。 要不要一起吃個飯呢？	19
〈ます形〉 に { 行きます 来ます 帰ります	スーパーへ野菜を買いに行きます。 到超市買蔬菜。	20

❖ 第3冊

文 型	例 文	課
〈ます形〉 すぎます	ビールを飲みすぎました。 喝太多啤酒了。	25
〈辞書形〉 ことです	私の趣味は泳ぐことです。 我的興趣是游泳。	23
〈辞書形〉 ことができます	私はスキーをすることができます。 我會滑雪。	24
〈て形〉 ください	ちょっと手伝ってください。 請幫忙一下。	26
〈て形〉、〜	デパートへ行って、買い物をします。 去百貨公司購物。	27
〈て形〉 から、〜	宿題をしてから、寝ます。 做完功課之後睡覺。	27

〈て形〉います ①現在進行式	木村さんは、今、本を読んでいます。 き むら　　　いま　ほん　よ 現在木村先生正在看書。	28
〃　　　②狀態	私は眼鏡をかけています。 わたし　めがね 我戴著眼鏡。	29
〃　　　③工作	私は英語を教えています。 わたし　えいご　おし 我目前在教英語。	29
〃　　　④習慣	私は毎日ジョギングをしています。 わたし　まいにち 我每天慢跑。	29
〈て形〉もいいです	ノートを見てもいいです。 み 可以看筆記。	30
〈て形〉はいけません	友だちと相談してはいけません。 とも　　　そうだん 不可以和朋友商量。	30

索引

あ

あいさつ【挨拶】	打招呼、寒暄	53
あいます【会います】	見面	84
あおい【青い】	藍色的	56
あけます【開けます】	打開	116
あげます	給（別人）	30
あつめます【集めます】	收集	36
あとで【後で】	之後	74
あに【兄】	家兄	31
あびます【浴びます】	淋	86
あらいます【洗います】	洗	85

い

いえ【家】	家	87
いかが	如何	56
イギリス	英國	40
いし【石】	石頭	26
いれます【入れます】	放入	70
いろ【色】	顏色	56
いろいろ	各式各樣的	56

う

うーん	嗯～	56
うすい【薄い】	薄的	26
うそ【嘘】	謊言	117
うた【歌】	歌曲	21
うたいます【歌います】	唱歌	22
うでどけい【腕時計】	手錶	106
うります【売ります】	販賣	107
うんてん【運転】	駕駛	51

え

| エアコン | 空調 | 116 |
| えらびます【選びます】 | 選擇 | 80 |

お

おおい【多い】	多的	62
おかあさん【お母さん】	母親、令堂	26
（お）かね【お金】	金錢	51
おきます【置きます】	放置	70
おくれます【遅れます】	遲到	117
（お）こづかい【お小遣い】	零用錢	31

おしえます【教えます】　告訴、教導　80

おします【押します】　按　80

おそい【遅い】　晩的、遲的　21

（お）ちゃ【お茶】　茶　96

（お）てあらい【お手洗い】　洗手間　90

おとうさん【お父さん】　父親、令尊　16

おとうと【弟】　弟弟　32

おなじ【同じ】　相同的　100

おにいさん【お兄さん】　哥哥、令兄　100

おはよう　ございます　早安　90

（お）べんとう【お弁当】　便當　46

（お）みやげ【お土産】　土產、禮物　26

オムライス　蛋包飯　85

おもい【重い】　重的　70

おやこどん【親子丼】　雞肉蓋飯　46

およぎます【泳ぎます】　游泳　36

おんがく【音楽】　音樂　36

か

～が～　雖然～，但是～　16

…かい【…回】　…次　36

がいこく【外国】　外國　36

かえします【返します】　歸還　74

かお【顔】　臉　85

かきます【描きます】　畫（圖）、描繪　42

かけます　戴　100

かします【貸します】　借出　74

～かた【～方】　～（的）方法　80

かたづけます【片付けます】　整理、收拾　85

（お）かね【お金】　金錢　51

カバーを　します　蓋上蓋子　80

かぶります　戴　106

かみ【紙】　紙　80

がめん【画面】　螢幕、畫面　80

～から　因為～　16

カラー　彩色　80

カラオケ　KTV、卡拉OK　21

カレンダー　月曆　33

かんがえます【考えます】　考慮、思考　110

かんじ【漢字】　漢字　78

き

き【木】　樹　97

キーホルダー　鑰匙圈　31

きまます【聞きます】　詢問　54
きそく【規則】　規則　61
きびしい【厳しい】　嚴厲的、嚴峻的 61
きます【着ます】　穿　106
ぎゅうにゅう【牛乳】　牛乳　55
きょうし【教師】　教師　100
きょうだい【兄弟】　兄弟姉妹　100
きります【切ります】　切　95
…キロ（メートル）　…公里　36
きんし【禁止】　禁止　115

く

くうこう【空港】　機場　16
くらい【暗い】　黑暗的　74
くれます　（別人）給（我）30
くろい【黒い】　黑色的　106

け

けいえいします【経営します】経營　107
けいたい（でんわ）【携帯電話】手機　26
ゲーム　遊戲　61
けが　受傷　24

けします【消します】　關　76
けっこう【結構】　夠了、不用了 61
けっこんします【結婚します】結婚　100

こ

コイン　硬幣　36
こうばん【交番】　派出所　54
こくさい【国際】　國際　88
ございます　有、在　56
こちら　這個　56
こちら　這邊　70
（お）こづかい【お小遣い】　零用錢　31
コップ　杯子　98
コピー　複製、影印　80
コピーき【コピー機】　影印機　80
ごみ　垃圾　117
（ご）りょうしん【ご両親】　您的父母　16
これから　接下來、今後 110
こわい【怖い】　恐怖的　21
こんばん【今晩】　今晚　105

さ

…さい【歳】	…歳	51
サイズ	尺寸、大小	56
さきに【先に】	先	85
サッカー	足球	40
さわぎます【騒ぎます】	吵鬧、喧嚣	117
サンドイッチ	三明治	96

し

しあい【試合】	比賽	40
じしん【地震】	地震	21
じてんしゃ【自転車】	腳踏車	34
しにます【死にます】	死亡	21
じぶん【自分】	自己	46
します	佩戴、繫	106
しめます【閉めます】	關	117
じゃあ	那麼	90
じゃがいも	馬鈴薯	95
シャワー	淋浴	86
じゅうしょ【住所】	住處	95
しゅみ【趣味】	嗜好、興趣	36
しょうせつ【小説】	小説	43

ジョギング	慢跑	104
しょくいんしつ【職員室】	教師辦公室	90
しらべます【調べます】	調査	95
しります【知ります】	知道	105
しろい【白い】	白色的	106

す

すいえい【水泳】	游泳	36
すいます【吸います】	吸	51
スープ	湯	95
スカート	裙子	64
スケート	溜冰	52
すごい	厲害的	36
すこし【少し】	一點點	46
すてます【捨てます】	丟棄、扔	117
ストラップ	手機吊飾	26
ズボン	褲子	106
すみます【住みます】	居住	105
すわります【座ります】	坐	115

せ

せ【背】	個子、身材	100

せいかつ【生活】	生活	61
せいり【整理】	整理	70
セーター	毛衣	106
せつめいします【説明します】説明		86
せつめいしょ【説明書】	説明書	62
ぜんぜん【全然】	完全（不）	16

そ

そうだんします【相談します】商量		110
そば	旁邊	90
それから	再來、接下來	80
それでは	那麼	56

た

たいちゅう【台中】	台中	105
たいふう【台風】	颱風	24
たかい【高い】	貴的	56
たかい【高い】	高的	100
タクシー	計程車	78
～だけ	～而已	46
たばこ	香煙	51
たぶん	大概	90

たまご【卵】	雞蛋	46
だめ	不行	115
ダンス	舞蹈	52

ち

ちいさい【小さい】	小的	56
ちず【地図】	地圖	31
ちち【父】	父親、家父	16
（お）ちゃ【お茶】	茶	96
ちゃんと	確實地、整齊地	74
～ちゅう【～中】	正在～	95
ちゅうがっこう【中学校】	國中	100
ちゅうごくむすび【中国結び】中國結		26
ちゅうしゃ【駐車】	停車	115
ちょうしょく【朝食】	早餐	85
ちょっと	稍微、有點	53

つ

つかいます【使います】	使用	80
つぎに【次に】	接著	80
つきます	説（謊）	117
つくります【作ります】	製作	26

つけます　　　　　　　　開　　　　　　74

つよい【強い】　　　　　力量大的　　　98

て

（お）てあらい【お手洗い】洗手間　　　90

でかけます【出かけます】外出　　　　95

できます　　　　　　　　會、能　　　46

デザイン　　　　　　　　設計　　　　56

テスト　　　　　　　　　考試　　　　110

てつだいます【手伝います】幫忙　　　70

では　　　　　　　　　　那麼　　　　110

でんき【電気】　　　　　電燈　　　　74

と

ドア　　　　　　　　　　門　　　　　117

どうして　　　　　　　　為什麼　　　16

ときどき【時々】　　　　有時　　　　16

とくい【得意】　　　　　拿手的、擅長的46

どくしん【独身】　　　　單身　　　　100

とめます【止めます】　　停放　　　　115

ドライブ　　　　　　　　兜風　　　　43

とりにく【鶏肉】　　　　雞肉　　　　46

な

なまえ【名前】　　　　　名字　　　　98

ならいます【習います】　學習　　　　36

ならべます【並べます】　排列　　　　70

に

にがい【苦い】　　　　　苦的　　　　63

にく【肉】　　　　　　　肉　　　　　86

にゅういんします【入院します】住院　24

にんじん　　　　　　　　胡蘿蔔　　　95

ね

ネクタイ　　　　　　　　領帶　　　　32

は

は【歯】　　　　　　　　牙齒　　　　87

…はい／ばい／ぱい【…杯】…杯　　　44

はきます【履きます】　　穿　　　　　106

はじめて【初めて】　　　第一次、初次16

はじめます【始めます】　開始　　　　110

バスケット（ボール）　　籃球　　　　44

~は　ちょっと……　　~有點…　115

はな【花】　　花　31

はなします【話します】　説話、述説　51

はは【母】　　母親　16

ははの　ひ【母の　日】　母親節　31

パンフレット　　小冊子　115

ひ

ビール　　啤酒　60

びょういん【病院】　醫院　115

びょうき【病気】　疾病、生病　24

ふ

プール　　游泳池　36

ふくざつ【複雑】　複雑的　61

ブラジル　　巴西　40

プレゼント　　禮物　31

へ

へえ　　喔　36

へた【下手】　不擅長的　21

ペン　　筆　74

（お）べんとう【お弁当】　便當　46

ほ

ボタン　　按鈕　80

ほら　　你看　90

ほんだな【本棚】　書架、書櫃　70

ま

まいつき【毎月】　每個月　31

まず　　首先　80

まだ　　還、尚（未）100

まちます【待ちます】　等待　41

まど【窓】　　窗戶　90

まるい【丸い】　圓的　26

み

みがきます【磨きます】　刷　87

みじかい【短い】　短的　64

みせます【見せます】　給~看　74

みち【道】　　道路　54

（お）みやげ【お土産】　土産、禮物　26

みんな　　大家、全部　21

む

むかえます【迎えます】	迎接	16
むこう【向こう】	對面、另一邊	70
むずかしい【難しい】	困難的	21

め

| めがね【眼鏡】 | 眼鏡 | 100 |
| メニュー | 菜單 | 74 |

も

もう	已經	21
もう	再	56
もちます【持ちます】	拿、帶	70
もちろん	當然	26
もらいます	索取、得到	26
もんだい【問題】	題目	110

や

やすみます【休みます】	休息、請假	16
やっぱり	還是	56
やめます	放棄、不做	56

ゆ

| ゆうびんきょく【郵便局】 | 郵局 | 54 |

よ

ようめいさん【陽明山】	陽明山	54
よく	經常	16
よびます【呼びます】	呼喚、召喚、叫	78
よみます【読みます】	閲讀	41

ら

| らいしゅう【来週】 | 下星期 | 23 |

り

| (ご)りょうしん【ご両親】 | 您的父母 | 16 |

れ

レポート	(書面)報告	105
レモン	檸檬	98
れんしゅう【練習】	練習	110

わ

わかります　　　　　　知道、懂　　16

T

Ｔシャツ　　　　　　　Ｔ恤　　56

新式樣裝訂專利 請勿仿冒
專利號碼　M249906 號

加油！日本語 ③　　　　　　　　　　　　　　　（附有聲CD1片）

2009年（民98）4月1日 第1版 第1刷 發行

定價 新台幣：300元整

監　　修	高津正照・陳美玲
發 行 人	林　　寶
編　　著	大新書局編輯部
總　　編	李隆博
責任編輯	鈴木聰子・石川真帆
發 行 所	大新書局
地　　址	台北市大安區(106)瑞安街256巷16號
電　　話	(02)2707-3232・2707-3838・2755-2468
傳　　真	(02)2701-1633・郵政劃撥：00173901
登 記 證	行政院新聞局局版台業字第0869號

香港地區	香港聯合書刊物流有限公司
地　　址	香港新界大埔汀麗路36號 中華商務印刷大廈3字樓
電　　話	(852)2150-2100
傳　　真	(852)2810-4201

ISBN 978-986-6882-98-2 (B623)